令人感动的一本书
心が揺れた一冊

世界在你不知道的地方运转

きみの知らないところで世界は動く

如果你真心喜欢她就不要结婚。
结婚不是为同世界上最喜欢的人在一起设置的场所，而是为同世界上第二或第三喜欢的人在一起准备的地方。
如果你想继续喜欢她，那就必须寻找其他场所。
找也找不到的时候，就自己动手制造！

片山恭一 / 著　林少华 / 译

青岛出版社

图书在版编目(CIP)数据

世界在你不知道的地方运转/(日)片山恭一著;林少华译.
—青岛:青岛出版社,2005.1
ISBN 978-7-5436-3161-8

Ⅰ.世...　Ⅱ.①片...②林...　Ⅲ.长篇小说—日本
—现代　Ⅳ.I313.45

中国版本图书馆 CIP 数据核字(2004)第 087864 号

山东省版权局著作权合同登记　图字:15—2004—064 号

书　　名	世界在你不知道的地方运转
著　　者	(日)片山恭一
译　　者	林少华
出版发行	青岛出版社
社　　址	青岛市徐州路 77 号(266071)
本社网址	http://www.qdpub.com
邮购电话	13335059110　(0532)85814750(兼传真)　(0532)80998664
责任编辑	杨成舜　**E-mail:** ycsjy@163.com
封面设计	毛　增
照　　排	青岛海讯科技有限公司
印　　刷	青岛星球印刷有限公司
出版日期	2009 年 1 月第 2 版第 2 次印刷
开　　本	大 32 开(880mm×1230mm)
印　　张	7.625
字　　数	150 千
书　　号	ISBN 978-7-5436-3161-8
定　　价	20.00 元

编校质量、盗版监督免费服务电话　8009186216
(青岛版图书售后如发现质量问题,请寄回青岛出版社印刷物资处调换。
电话:0532—80998826)

爱情拒绝物化

（译序）

林少华

　　爱情的天敌是生离死别,还是柴米油盐?是卓绝的苦难,还是凡庸的日常?是战场的艰险还是商场的盈利?翻开史书,落难王子有爱情,末路英雄有爱情,穷书生有爱情,革命者有爱情。可是在王子荣登宝座、英雄修成正果、穷书生已成儒商、革命者无命可革的当今时代,爱情还有没有了呢?换言之,爱情能否进入生活?爱情能否物化、世俗化?或者在物化、世俗化后能否地久天长?

　　日本正走红的作家片山恭一的回答其实并不令人兴奋和乐观。在《在世界中心呼唤爱》(或译《在世界的中心高呼爱你》)里面,作者机警而巧妙地让爱情的脚步止于婚姻生活的门前:爷爷爱的少女后来嫁给了别人(生离),"我"爱的少女被白血病夺去了生命(死别)。恐怕惟其如此,爷爷才在五十年时间里觉得不同对方在一起的时候"一刻也不曾有过","我"才得以在心中持续呼唤爱——爱因生离死别而得以闪光、得以升华、得以永恒。也就是说,主人公的爱情在本质上尚未从形而上的"世界中心"(即心中世界)降至形而下的物质世界。爱情在接触柴米油盐,在物化、世俗化之前即戛然而止,于是成了"纯爱物语",惹得东瀛超过三百万读者争相购买,成为继村上春树《挪威的森林》以来又一洛阳纸贵的文学奇观。

因了《在世界中心呼唤爱》的纯爱效应,作者早在一九九五年创作的《世界在你不知道的地方运转》于二零零三年八月重新出版,且销量很快突破十五万册。而这部长篇"三角关系"之一的治幸一登场就与世俗拉大了距离:作为高中生因看三级片而在全校大会上即将被体育老师打嘴巴时,却把腰带一松露出了屁股,顿时惹得男生爆笑女生惊叫老师目瞪口呆。应邀去海滨"双对约会",却对身穿比基尼的女同学那简直令人荡神销魂的丰满肢体毫无兴致,讥笑道"时起时伏时凹时凸好忙乱的身体啊",而后看都不看一眼。住的房间垃圾乱扔杯盘狼藉被褥永远不叠,惟独西方古典音乐——不是流行音乐——唱片收拾得整整齐齐,音响周围干净得俨然另一天地。而且嗜读哲学、宗教书籍和文学名著,在某种意义上不妨说是一个精神求道者。相比之下,"我"则完全是世俗意义上的乖孩子,遵守校规,学习用心。虽然高中没毕业就和女同学薰谈恋爱,并在治幸的怂恿下为报复薰管教太严的父亲而夺去了薰的"第一次",但态度是认真的,打算大学毕业即和薰结婚,"永远一起生活,一起吃饭,一起听音乐,一起洗澡,一起睡觉",一再说薰是自己世界上最喜欢的人。可是治幸告诉他,人是不能够同世界上最喜欢的人在一起的,"如果你真心喜欢她就不要结婚。婚姻不是为同世界上最喜欢的人在一起设置的场所,而是为同世界上第二或第三喜欢的人在一起准备的地方。"但"我"不以为然,急于让爱情叩响物化世界之门。

随之而来的高考把治幸、"我"和薰分开了。学习好些的治幸意外落榜开始打工生活,"我"和薰上的大学又相距很远。分离期间,作者没有设计例如误会或第三者等套路让这对情侣经受世俗考验,书来信往,男来女往,并无风浪。不料几个月后薰突然患病住院,始而厌食见饭即吐,继而暴食大吃不止。而无论"我"还是薰的父母家人都不知晓薰的病因。知晓的只有治幸。他明确地对"我"说道:"她为什么得病?你想过这点么?你也有责任的!明白?你为了把她对你的爱情确定下来而力图否认她之所以为她的个性。方法就是婚姻这个制度。婚姻把一个多姿多彩的人搞成单一的抽象概念:妻子啦母亲啦女人啦等等。她在你俩的未来中看到的即是这种空洞的、规范化的自己。所以她不能不对同你结合的未来感到悲观,却又无法逃避,就是说她的现在成了让她全然动弹不得的东西。所以才逃到病这个没有时间的世界中。"并进一步指责"我"为什么不尊重薰的特殊性,"她既不普通,又不一般,她具有惟独她才有的世界。而那个世界不接受你所说的极其普通的婚姻、家庭。然而周围又逼她接受,所以才得了病。你连这个都不明白?"在此之前治幸说过在某种意义上自己倒和薰"十分相似"。于是,在三人一起去孤岛旅游时,"我"惊愕地看到治幸和薰抱在了一起,薰甚至招呼治幸进入自己的房间。我们当然不宜据此责备薰的用情不专,而不妨视为一种象征——象征薰力图让爱情免于物化而向形而上世界靠拢的尝试和努力。不料形势再次急转直下:翌日治幸下海游泳时不幸溺水而死。结果,薰在这个世界上惟一的精神知音没有了,她赖以挣脱物化爱情的对象没有了。在此,作者水到渠成地点化出了现代人爱情的尴尬:爱情拒绝物化,而又不可能灵化——爱情被吊在了空中,上下失据,四顾茫然,无处觅归路。

其实,恐怕也不仅仅是现代人,古今中外,人的爱情大多如此。梁山伯与祝英台,林黛玉和贾宝玉,罗密欧与朱丽叶……他们之所以成为经典情侣,成为纯爱楷模,很大原因就在于爱情在物化之前即告终止,纯属不知柴米油盐的罗曼司。当今更是如此。试想,《泰坦尼克号》上的杰克和罗丝上岸后还能保持船头上凌空展翅般的浪漫造型吗?《廊桥遗梦》中的农场主妇跟摄影师私奔后还能继续刻骨铭心的激情吗?《挪威的森林》里的渡边婚后还能对病病歪歪吞吞吐吐的直子那般忍让和疼爱吗?同样,片山恭一的《在世界中心呼唤爱》中的亚纪假如没得白血病而同"我"终成眷属,那么两人现在也该有四十岁了——在生命激情丧失殆尽、越看妻子越像不能辞退的保姆的四十岁的现在还能持续高呼我爱你吗?片山恭一的一个精明之处,就是让爱情的流程在婚姻生活的门前陡然泻入地下,或者说生活的大坝对爱情实施了残酷而完美的截流,不使其进入物化的下游。读者们也心照不宣地接受了这项蓄谋已久的安排。因为他们需要填补感情生活的缺憾,需要唤醒深藏于心底的爱情因子。说到底,文学的目的和魅力是帮助人们完成——尽管是虚拟地——各自的心灵理想和审美图像。

这样,同样的问题再次伫立在我们面前:爱情可不可以被包含于生活、可不可以物化?或者说爱情是独立的个体、是可以永远徜徉在灵化天国里的信仰,还是生活的附属物、是终归消解于柴米油盐的梦幻?片山恭一这部长篇《世界在你不知道的地方运转》提供的显然是否定性暗示。是的,相对于生离死别这样的风云突变,鸡毛蒜皮的庸常生活对爱情的磨损和伤害远为严重和酷烈。换言之,爱可以不在乎生死,但不可以不在乎生活。更令人无奈的是,爱情最后总要进入物化阶段,总要经受柴米油盐的折磨与考验。不知幸与不幸，我们所处的时代和社会为爱情准备的早已不是被冰山撞沉的泰坦尼克号，不是麦迪逊镇披满夕晖的廊桥，不是逼迫梁祝双双化为彩蝶的封建专制，而是摆满电器的套间、修剪整齐的公园、琳琅满目的超市、招惹是非的手机……我们的生活空前便利，我们的爱情四面楚歌。事情就是这样有趣或者滑稽：爱情拒绝物化却又必须物化，爱情本质上是形而上的理想却又必须面对形而下的婚姻，爱情没有希望却又是惟一的希望，爱情没有未来却又必须开辟未来。或许，我们离情爱越来越近，而距爱情越来越远。

那么一点儿办法也没有了么？片山恭一——这位相当熟悉马克思恩格斯颇有哲学头脑的日本作家最后还是开了一副未必有效也未必无效的处方：让爱情"在你不知道的地方运转"，不要急于把对方纳入自己的规范、模式和程序，在爱情的神秘性和个体的复杂性面前保持一分距离、一分敬畏和谦恭。

二零零四年七月于窥海斋
时青岛合欢婆娑，榴火正红

The days are bright and fill with pain

Enclose me in your gentle rain

The time you ran was too insane

We'll meet again, we'll meet again

(The Crystal Ship /Jim Morrison)

第一章　1974 年・秋

1　治　幸

　　暑假结束后,发现体育馆后面的铁丝网坏了个洞。自那以来,每当快要迟到的时候就避开正门,利用这个洞进去。洞被塞了几次,每次都是体育老师们大致用铁丝修补一下,可以用手轻易扒开。不料,惟独今天早上铁丝网用粗铁丝补得密密实实,推也好拉也好全然奈何不得。看样子是星期日时间多得无法打发的值班老师干的好事。要想进去,只能拧开铁丝网上的铁丝扣。但铁丝网空隙伸不进手,手指够不到那个要命的铁丝扣。而若作罢转去正门,势必给学生训导员在迟到票上剪口。剪口三次,父母就要被叫来学校。

　　体育馆旁边是个不大的后院。院中央有个喷水池。池周围的长椅上,放学后常有三年级的情侣盯视喷出的水花。但现在是上学时间,没有情侣。倒是有个不好惹的家伙和我同是一年级,自然认得。他有个绰号叫"治幸",这点我也知道。不过是把"幸治"这个本来的名字颠倒过来罢了,一个非常随便的绰号。在我们高中,治幸还真算是个传奇性人物。

　　事情的开端发生在暑假快要结束的一天下午。他一个人去看学校严禁观看的电影《埃马尼埃尔夫人》。刚走出电影院,冷不防撞见正在巡视学生风纪的鸭田。鸭田是个明显带有右翼倾向的五十岁左右的体育老师,动不动就喝一声"咬紧牙"打学生嘴巴,这已成了家常便饭。还有一点也很有名:下雨不能使用操场的时候，就把男生带进教室洋洋得意地讲述自己的战场经历。治幸偏偏同这个鸭田在希尔比亚·克里斯泰妖艳的招贴画前不期而遇。阴险的鸭田没有当场叫他"咬紧牙"，而把治幸的名字记在手册上。第二学期第一个全体早会上，校长训话和校歌齐唱顺利结束之后，鸭田慢慢悠悠登上台来，向全体学生报告完治幸的行径，拿出了他的传家法宝。岂料，就在鸭田以近乎自我陶醉的痴迷眼神叫罢"咬紧牙"那一瞬间，不知治幸怎么想的，竟然松开裤带露出了屁股。结果，男生爆笑，女生惊叫，鸭田愕然，有良知的教师苦笑……神圣的早会仪式便在这一片嘈杂声中草草收场。若问治幸后来是否挨了鸭田一顿猛揍，却也不然。重视事态的校长居中调停，治幸得以停学一星期了事，真不知人生孰幸孰不幸。

偏巧，便是这样的家伙在我走投无路的时候坐在喷水池前面的椅子上看书。

"喂——"我隔着铁丝网招呼他。

他从书上抬起脸往这边看，看一眼又低头看书，就好像被附近的狗叫一瞬间打断阅读过程。

"求你点儿事，"我手扶铁丝网，以可怜的声音说，"把这里的铁丝拆开好么？"

他再次从书上抬起脸，比刚才稍往这边多看了一眼。见他又要返回书页，我赶紧趁他视线还没移开的时候重复道：

"求你了，求你把这里拆开。若不然，我就要给训导员剪迟到票了。伸手帮一下忙，就算救人一命。"

我尽可能浮起友好的微笑，等他表态。他再在鸭田面前露屁股，再是不要命的傻瓜蛋，此时此地也只能指望他帮忙。治幸往膝头的书上注视片刻，终于悠悠然欠身离开长椅，以慢得恨不得让人把他拽倒的速度朝这边走来。

"这里，这儿！"我从铁丝网外指着铁丝扣。

他用仿佛特意惹人焦急的步调走近铁丝网，双手放在铁丝网上一动不动。起身都过去一分钟了，他才好歹来到我跟前，在那里停止所有的动作。

"怎么了？"我问。

"不觉得傻气？"

"什么傻气？"

"有人拆铁丝网，有人来补，又有人拆，又有人补，永无休止。你应该堂堂正正绕到正门由训导员剪迟到票才对。"

在这种情况下讲大道理的人是信赖不得的。我本能地嘀咕这个讨厌的家伙。在鸭田面前露屁股恐怕也不是为了反抗权威，而是出于扭曲的自我表现欲。

"知道傻气，"我拼命克制自己，"不过这铁丝网反正已傻气很多年月了，再多傻气一天也并不碍事的嘛！"

何苦一大清早啰啰嗦嗦辩论这个！他依然故弄玄虚地嘟囔什么"汝等须从窄门进，毁灭之门大且宽"，但归终像是有意帮忙了。话虽这么说，态度还是那么不冷不热，瞧那像要把一切归于偶然的手势，仿佛在说"凡事皆赖时运"。

"这种时候还看书可真够从容的了。看的什么书？"他动手拆的时间里，我最大限度地讨他欢喜。

"你不知道的书。"他说。

未免叫人冒火。或许的确是我不知道的书。但若是我，有同学问看什么书，就算对方除了《诺斯特拉达穆斯①的伟大预言》没看过别的，我也会正正经经回答是艾米莉·勃朗特的《呼啸山

---

① Nostradamus，1503～1566，法国医生，星相学家，以其预言能力和预言诗为法国王室器重。

庄》。兴之所至,很可能讲一下希克厉和卡瑟琳痴恋的大致经过。并且辩解说不过消磨时间罢了,言外之意是:就算自己看这样的书,也并不等于比你了不起。

"那里边装的什么?"过了一会儿,这回他指着我腋下夹的唱片套问。

"尼尔·扬的'Harvest'①,大概是你不知道的唱片。"我说。我本想一口咬定说"肯定是你不知道的唱片"。

"不错?"

"无与伦比。"

"想听听。"

"讲好借给同学的。"我冷冷回答。

"放学后和那个同学一起用音乐室的组合音响听一下如何?"治幸不知趣地提议。

"那还不给岩熊整个打死!"我蹙起眉头,表示绝无可能。

"那家伙出差了,"他说,"星期五才回来。"

"你怎么知道的?"

治幸停下拆铁丝的手,从校服口袋掏出一本手册。

"都记录在此。"

"都? 全体老师?"

"看教员室的黑板不就一目了然了?"

"喂喂,说话别停手。"我说,"可你为什么做那种事呢?"

"比如为了用音乐室的音响。"他说,"此外也有种种妙用。我是瞧着这手册制定每一天行动计划的。"

---

① 意为"收获",美国常青摇滚乐歌手尼尔·扬(Neil Young)1994年的专辑名称。

我本能地觉得同这小子一起行动没什么好事,很想让他取消使用音乐室音响的打算。

"音乐室音响上着锁的吧?"我以十分遗憾的语气说。

"放心好了,"他很老成地说,"你只管拿唱片和那个同学来音乐室就是。三人听完再把唱片借出去,可以吧?"

"噢。"我勉勉强强点头答应,"反正快点儿拆好不好?"

"马上就好。"

这时,预备铃响了。班主任赤木马上就要走进教室,在讲台上打开点名簿。我的名字为前数第五位,迟到当即露馅。第一个铁丝扣好歹开了。不料治幸一转身离开铁丝网,三步并作两步朝喷水池那边走去。

"怎么回事啊?"我厉声问道。

"剩下的你自己弄。"他一边收拾长椅上的东西一边说,"因为你,我都快要迟到了。"

"喂,少开玩笑,"我几乎带着哭腔央求,"这种关头怎好见死不救?"

"反正你笃定迟到,"他已开始撤离,"但没必要再添一个人迟到。那样岂不傻气。好了,放学见!"

"喂,等等……"

何其冷酷! 何其自私! 讲大道理的人就是不可信赖。玩弄俨然箴言的词藻把别人卷入云雾的家伙一文不值。我开始拼命解剩下的铁丝扣。铁丝没有想的那么顽固。也许治幸已经解得差不多了,支柱部分很快脱落,接下去把周围缠绕的用双手扒开,从中钻进里面。我顾不上喘息,直奔教室而去。

2 "昔者有男"

野居原比平时还焦躁。按他的计划,第二学期把《伊势物语》①结束,寒假补习《枕草子》②。然而大家不好好预习,加之内容多少带有色情意味,致使细枝末节掀起高潮,课程进度明显受阻。解释得越细,他越难以自拔。说到底,将这样的作品作为高中一年级古文教材本身恐怕就是相当缺乏考虑的。看上去格调高雅,但讲述的却是赤裸裸的男女交合。对于十六岁的少男少女来说,这种不协调倒是饶有兴味。

"那么,立川,你读读看!"野居原叫起第一个学生。

立川升站起来朗读。几乎每一句节都出错。

"昔者有男,又有一女高不可攀,男欲娶女苦求数年,夜不能寐……"立川升嗤嗤笑了起来。

"认真些!"野居原从教科书上抬起脸。

立川升继续下文:"夜不能寐……"教室里窃笑声此起彼伏。立川升勉强忍住笑,"夜不能寐、不能寐、不能……"

"不能寐算了!"野居原说。

一下子哄堂大笑,讲课中断。野居原气鼓鼓地扫视学生,把书无奈地扔在桌子上,等待笑声平息。

我把笔记本在书上摊开,开始往新的一页写信。写了一会儿

---

① 日本古代短篇故事集,大约成书于 947 年,作者不详。

② 日本古代随笔集,大约成书于 1001 年,作者清少纳言。

放下笔,偷看坐在斜后面的薰。她视线落在课本上,等待继续讲课。头发间闪出的额头和鼻子令人怜爱。信的内容是放学后在音乐室听尼尔·扬的"Harvest"。把唱片特意带到学校来,原本就是为了借给薰。不料早上祸从天降,计划整个乱套。同治幸的那个约定叫我心神不定。哪怕对方再不值得让人守约,总的说来我也还是个守约之人。况且用音乐室的音响听尼尔·扬多少是个诱惑。因为,音乐课上我们总是听什么"青少年管弦乐入门",都有点儿听腻了。

对立川升无可奈何的野居原转而指名村崎瞳。这种时候叫女生名字基本可保无事。这点本该心中有数,而他一开始偏叫学习差劲儿的男生——这个阴险家伙!

"路途遥远,而夜已深。不知此地有鬼出没,加之雷声大作,骤雨倾盆,男子见一破败仓库,遂将女子置于其内,自己身负长弓箭袋守于门旁,只恨天不快亮。岂料鬼已将女子一口吞噬。女子惊叫一声,却因雷声轰鸣而未入耳。及至天光破晓,男子四顾搜寻,女子已不复见。纵捶胸顿足亦于事无补矣。"

和立川升不同,村崎念得甚是流畅,简直一泻而下,就连中间夹入的和歌①也朗朗念出:

伊人曾问白玉乎

吾答明明是露珠

伊人如露无踪影

但愿吾身亦杳然

我合上写开头的笔记本,开始从第一段重读这个故事。读的

----

① 日本传统诗歌形式,由五句三十一字(音)构成。

过程中不由频频点头。不一会儿，野居原开始结合解释语法把刚才念的地方译成现代日语。但不用听他解释，我已经彻底理解、欣赏、玩味了这个小故事。它太有现实性、太令人感同身受了——我是把这个故事作为将来可能发生在自己和薰之间的事情来阅读的。

从前有个男子（就是我），男子有个喜欢的女子（即薰），两人要好起来。但由于女方父兄的反对而无法相守。于是男子说服女子，终于拉起女方的手使她和自己私奔，一路摸黑急跑。沿芥川奔跑之间，女子看见草叶上的露珠，遂问："这是什么？"男子顾不上回答，继续奔跑，路途遥遥，夜半更深，以致他看不出此地有鬼，加之雷声大作，便把女子塞进一个破旧的仓房，自己背着弓箭在门口守护。男子舒了口气，心想天很快就亮。不料鬼乘虚而入，把女子一口吃了。女子倒是叫了一声"啊"，但被雷声盖住男子没听见。天终于亮了，一看，领来的女子不见了。男子顿足大哭，但已无济于事。

悲痛之余，男子咏了一首和歌：你曾问我是不是白玉，我回答那是露珠。你如露珠倏忽不见，我也想快快形影皆无。

我险些把泪珠滴在课本上——投影于故事之中的我们实在可怜之至。女子看见夜露询问"这是什么"那里尤其叫我心里难过。女子"啊"一声惊叫那里也让我不惜一洒热泪。难免悲从中来。女子是想同男子远去天涯海角的。来吃女子的鬼，其实就是赶来领回女儿的父亲或找回妹妹的兄长。这些家伙总是在别人热恋路上设置障碍。野居原自鸣得意地解释说，此种情况下的女子是二条皇后，鬼是其兄右大臣基经大纳言国经……完全是不解人性机微的胡言乱语。不是那样的问题！野居原君！我仿佛历历透视出自己同薰爱情的前景。一个优美悲哀的故事。

3 荷包蛋

校舍之间有一方校庆几十周年时修建的漂亮的小院子。院子里红砖铺地,照例有喷水池、有若干花坛,周围摆着长椅。天气好的时候不少同学这里那里坐在院子里吃饭盒。暑假期间小有进展,进入第二学期我开始每星期和薰在院子里吃几次饭盒。不用说,饭盒内容讲究起来。我向母亲提出,别放小杂鱼干和昨晚的剩菜,有意无意提醒母亲注意把饭盒弄得体面些。母亲心有所觉,说道:"懂得那回事了,得。"

薰的饭盒总那么惹人喜爱。她说是自己做的,和我母亲做的天上地下。我家母亲再费唇舌也做不到薰的饭盒那般可爱。即使适当开导几句,她也压根儿不思进取:"那么大个儿的饭盒,如何做得可爱嘛!"我觉得自己相当不幸。

"荷包蛋,给你。"说着,薰把蛋放在饭盒盖上。于是我把荷包蛋吃了。

"牛肉饼也来一半?"

"算了,那么小的饭盒,不全吃掉会发育不良的。"

"做多了些,本来就想分给你一半。"

终归,牛肉饼也讨了一半。也真是的,我心想,人家薰的饭盒既有荷包蛋又有牛肉饼,而我的呢,只有咸青花鱼和筒状鱼肉糕。同时眼前浮现出母亲的神情:"这有什么不好!"

"音乐室的音响,可能随便使用?"薰有点儿担心地说。

"听说岩熊出差要星期五才回来。再说就算挨训，主谋是治幸，我们也可装糊涂。"

"我么，应付不来天本君的。"薰神情有些消极。

"知道，"我说，"是因为他露屁股了吧?"

薰低下头，脸刷地红了。那样子，可爱得真想一把将她揽在怀里。既然治幸的屁股可以从薰脸上引出这般可爱的表情，那么他(或者说他的屁股)也自有其存在的理由。

"女孩子没人不对他头疼，毕竟露出屁股来着。"我穷追猛打似的说。

"快别说这个了。"薰断然说道。又摇了几下脑袋，像是要把烙在脑袋里的不洁场景甩掉。

我拿来不知谁放在院子里的茶壶，用饭盒盖喝茶。好天气。校园里栽的金桂味儿随风飘来。红砖小院赏心悦目。水池、喷出的水花，甚至煞风景的校舍——大凡同薰看见的东西无不美丽动人。

岂料，就在此时，刺激自己神经的存在出现在眼前，治幸！他双手拿着饭盒和书，犹如从毕加索的画中下来的丑角一般走来。一脸傲慢和超然的表情，仿佛在说即便9和6颠倒过来也丝毫不以为然。他就那样从正对面朝我们走来，炫耀似的在池沿弓身坐下，把带来的饭盒放在旁边，兀自翻开书页。翻到所读书页之后，他一边用眼睛追逐字迹，一边用右手灵巧地解开饭盒包皮，打开盖，取出筷子，近乎机械地把食物送入口中。我一动不动地观察他。或许感觉到了我的视线，治幸忽然停住手，缓缓抬起脸，面无表情地在我脸上盯视数秒。

"不吃荷包蛋?"他一无前言二不助跑地劈头一句。随后用筷子尖夹起荷包蛋定定细看。"我讨厌荷包蛋。可是饭堂的阿姨次次往我饭盒里放荷包蛋,说摄取蛋白质脑袋好使。哼,再摄取蛋白质,我脑袋也这德性。"说着,他略略耸了一下肩,"不吃荷包蛋?"

"谢谢你的好意。可我吃过了。"

"是么。"他把筷子夹的荷包蛋毫不怜惜地甩进水池。荷包蛋"砰"一声落在水面。

"看什么呢? 这回可以告诉我了吧。"

听我这么一说,治幸条件反射似的目光落在自己手里的书上。尔后抬起头,"去你那边可以么?"他说,"那样你也不必啰啰嗦嗦大声发问了,我想。"

他拿起饭盒和书,走到我们坐的长椅。

"你好!"治幸向薰打招呼。

"啊,你好!"薰惶恐地低头。

"喏,你想知道的书。"说着,把相当厚的书递了过来。

"原来是威廉斯·巴勒斯①的《裸体午餐》!"我看着封面书名说,"这书倒是晓得。"

治幸以"休得装蒜"的眼神尖锐地瞥了我一眼。

"有个叫斯蒂里·丹的滚石乐队,"我以似乎无所谓的语气说,"乐队名称就来自《裸体午餐》中的一节。"

"斯蒂里·丹?"治幸从我手中拿过书,啪啦啪啦翻动起来,手势显然可以看出动摇。

"就是说,书本知识并非一切吧!"我最大限度挖苦一句。然

---

① William Seward Burroughs,1914～,美国小说家。

后以"好了好了"的感觉看一眼父母为祝贺升高中给我买的手表。一块着色的抛光玻璃盘手表,表针显示午休即将结束。

"反正放学后音乐室见!"我催促薰,边从长椅上欠身边说,"饭盒再不快吃午休可就过去啰!"

但治幸只瞥了一眼——像是说快那边去——依然闷头翻书页检索"斯蒂里·丹",任凭开了盖的饭盒放在那里。

4　Harvest

尼尔·扬的唱片让人伤脑筋的是歌词卡上的字难以看清。或许是扬氏亲笔,但听歌时候一一对照才能明白。尤其是第三张"After The Gold Rush"(淘金梦醒)就像把胡乱写在笔记本上的歌词复印下来的一样,只看一眼便失去读取字义的愿望。这诚然是个麻烦,但唱片本身哪一张都无可挑剔。特别是"Harvest"从头至尾登峰造极。

音乐室的组合音响放在特制的木箱里。外国进口的音箱十分得体地置于讲台两端。即使对音响器材所知无多的我也看得出东西甚是高档。这是几十年前毕业于这所高中的一个富翁捐赠的,音响旁边以金字堂而皇之写着其姓名和捐赠日期。治幸用从教员室偷偷拿来的钥匙打开音乐室门,又开始用另一把钥匙开音箱盖。木箱的顶盖是推拉式的,里边装着做工考究的巨大唱机。打开下面的对开门后,可以看到里面的放大器和开式磁盘放唱机。

薰放学后没来音乐室。理由是要参加课外活动部的讨论会。"歌留多"①部到底讨论些什么呢? 小野小町是否到处物色男人直至沦为白骨、蝉丸究竟何许人氏——莫非讨论这个不成? 莫名其妙的世界,"歌留多"部那劳什子! 不管怎样,薰存心回避治幸是

---

①　一种日本纸牌,按日文五十字母顺序在每张纸牌上写一首古代和歌,共一百首(百人一首)。下文的小野小町和蝉丸均为和歌作者。小野小町乃日本古代有名的美女。

确切无疑的。作为她，还是想对曾在大庭广众之下袒露屁股的小子敬而远之吧。理所当然。而这样一来，我和治幸落到两人单独欣赏唱片的地步——很难说有多么激动人心。

全部开箱之后，治幸以"请吧"的架式指了指音响器材。自己随即坐在教室中间的椅子上。我以庄重的手势打开唱机盖，从套里拿出唱片放在转盘上，接着找到下面的放大器按下开关，再按下唱机开关，转盘开始转动。我轻轻提起唱针端头。也许心理作用，手似乎有些颤抖。我注视片刻橙色指示灯，尔后把唱针静静置于唱片槽外围。拧动放大器音量钮，沉甸甸的大提琴和低音鼓开始缓缓刻录节奏。这种泯灭自我的节奏部再妙不过，浑身上下不由掠过一阵战栗感。"听，孤独的少年周末离家出走。"治幸从房间中间往我这边看着，视线碰上后点了下头，仿佛说"的确好极了！"打击乐前奏开始的时候，我断然拧大音量。整个教室的窗扇微微发颤。

我坐在治幸旁边。无与伦比的音响器材。放这么大音量也毫不嘈杂。脚踏式铙钹从右边、小鼓从左边犹如拳击手的刺拳和钩拳飞奔而来。一个一个音符好比贝壳、可乐瓶和苹果那样带有清晰的轮廓，仿佛可以用手抓起。尼尔·扬那弹拨片触击吉他每一根弦的瞬间以及五六号粗弦瑟瑟发颤的情形仿佛近在眼前。甚至打击乐间奏的喘息都能一一听出。无意间窥看治幸，他正闭目合眼沉浸在音乐之中。

尼尔·扬在诉说金子般的心灵，诉说男女的交往，诉说爱国之情。A面转罢，我走到音响那里提起唱针，翻过唱片，重新放下唱针，返回座位。音箱传来班卓琴的音色。尼尔·扬开始诉说老年牛仔(cowboy)之死。

"如何?"我问治幸。

"不错。"他说,"不过比较说来,我更中意普罗科菲耶夫①。"

"哦,那是哪里的乐队?"

治幸没有回答。我们默默听剩下的唱片。尼尔·扬在诉说亚拉巴马的种族歧视,诉说海洛因中毒的男人们。不久,到了最后一曲,随着石破天惊的吉他独奏,唱片转到尽头。我提起唱针,小心把唱片装进唱片套,准备一会儿拿去"歌留多"部借给薰。这时间里,治幸打开钢琴盖,开始"咯嘣咯嘣"按动手指。音乐室讲台左右有两架钢琴,一架竖式钢琴,一架平台钢琴。治幸坐在平台钢琴前面,几乎不出差错地把《献给爱丽丝》②一直弹完。接着又弹了一支我不知晓的曲子。问曲名,答说布格谬勒的《骑马的贵夫人》。

"蛮好的嘛!"我不无敬佩地说。

"练过。"他说,"练到小学六年级。相当不错的呢!《骑马的贵夫人》是最后一次汇演时弹的。弹《献给爱丽丝》是在小学五年级。"

"为什么放弃了?"

"为什么呢……"治幸合上钢琴盖,沉思片刻,"大概那时候没认为钢琴对于自己有多么重要。"

"现在呢?"

"觉得似乎可以很好地相处下去。"

"好像谈女孩子似的。"

"就是说可以作为乐器来接触,"他换上结束谈话的语气,"而不是作为父母强加给自己的情操教育器械。"

---

① Sergey Prokofiev,1891～1953,苏联作曲家。

② Für Elise,贝多芬钢琴独奏小品,遗作,无作品编号。

5　白日梦

　　野居原中途停掉了《伊势物语》，从寒假补习时开始讲《枕草子》。既然有"枕"字，我以为又是艳情故事，不料怎么等也没那个意思，很有些失望。上午的补习结束后，先回家吃午饭，下午在图书馆和薰一起用功。第二学期成绩不错，我就央求母亲买了一件早想得到的 VAN 双排扣风衣，每天穿着去图书馆。所以想得到这件风衣，是因为在《音乐生活》(Music Life)中看到斯蒂芬·斯梯尔斯身穿同样的风衣。还打算用压岁钱买他穿的厚革厚底登山鞋，可是现在才十二月，只好忍着穿 ASAHI SHOES 轻便运动鞋，直到把后跟磨烂。

　　"我喜欢《枕草子》。"薰边说边翻古语辞典。

　　"啊，真的?"我一个劲儿往笔记本抄写原文。

　　"清少纳言这个人极懂情趣。"

　　我还是中意"夜不能寐"、"悄然出逃"之类，但终究没唱反调。因为两人是这样分工的：我只是把原文抄在笔记本上，而由薰查辞典，用红、蓝、绿圆珠笔分门别类把词义填写进去。

　　"我过生日，不来我家?"过了一会儿她问。

　　薰的生日是十二月末，我正犹豫是否送她一件黑色内衣作礼物。

　　"可以呀。有什么节目?"我姑且问道。

　　"也没什么。"她说，"一起听唱片可好……"

"另有谁来?"

"现在还没考虑。"

我突然一阵心跳,看见自己正在心间叫着"伊势物语、伊势物语"往来奔跑。"房事"一词掠过脑际,又由"交媾"取而代之。蓦地,母亲的表情浮上脑海,那口形、那神色仿佛在说"好个傻瓜"。傻瓜也未尝不可。

"那么,就我们两个?"我拼命忍住不让嘴角自动裂开。

"奶奶和弟弟倒是在的。"薰总是那么天真。

那怕是的,我平心静气地点头:"不如去外头算了。"

"外头?"薰微微歪起脑袋。

"那要看天气怎么样。"我含糊地回答。我想这大概就是所谓含蓄说法,同时在脑海里推出最近刚学的几个含蓄字眼。

"晴天去看海。"

"下雨呢?"

"那就看电影或玩'扒金库'①。"

尽管已是十二月末,但那天简直像九月或十月一样暖洋洋的。我们在位于两家正中间的神社院内碰头。身穿朱红色裤裙的"巫女"②们用竹扫帚在院子里扫来扫去。石阶顶端有个大石碑,正面刻有"汽笛一声过新桥",是本地出身的歌词作家创作的当时最为走红的歌曲的开头一句。

"生日快乐!"先到等她的我说道。

"谢谢。"她气喘吁吁地说。

"给,礼物。"终归我没买黑色内衣,而买了尼尔·扬的"On

---

① パチンコ,一种把钢珠击入孔中的赌博游戏。

② 此处指在神社中服务的未婚女子。

The Beach"(在海岸)。这些照片是尼尔·扬的最新作品,我自己还没有。于是心生一计:买来送给薰,然后再让她给自己听。同时还有深远的打算:将来结了婚,她的唱片就成两人的了。

薰打开封套,取出唱片,说:"尼尔·扬。"

"还没听过吧?"

她点了一下头,把唱片珍惜地抱在怀里,再次说了声"谢谢"。

我造作地仰脸看天,试着说道:"晴了!"

"你不是说带我去看海么?"

"当然。"我指着从家里擅自拿来的母亲的小型摩托车说。昨晚悄悄擦过,深蓝色的车身在冬天的太阳下闪着耀眼的光。

"坐上来吧。"我说。

"可你没驾驶证的吧?"薰有些迟疑。

"比我家老太婆保险。"

"是不是呢……"

"相信我好了!"

"怪担心的。"说着,薰"嗨哟"一声坐在狭窄的后座上,"屁股痛。"

"抱歉,这车座本来不是为驮女孩子设计的。"

我小心发动引擎开动摩托。薰侧身坐在后座上,一只手揽住我的腰。跑了一程,柏油路面断了,路往山坡爬去。快到中途还算顺利。但在突然变陡那里,车突然死火。无奈,我俩在灰尘迷蒙的土路上推着摩托行进,简直像电影里的一个镜头。我在扣领衬衫外面套了麦克列加毛衣。她身穿奶油色高领羊绒衫和绿色基调的花格裙子。从旁边看来,我们会是一对多么楚楚动人的情侣。我想起初三暑假时虚报年龄看的《朋友》(Friends),蛮像那里边的情侣。当时的阿尼塞·艾尔维纳的乳房形状真是没得说的，简直就像向上一挺一挺地问人早安。自那以来，我就觉出了女性乳房之美。

"真能看到海?"薰以审问的语气问我。

"哦?"她的脸庞一瞬间在我眼里成了阿尼塞·艾尔维纳的乳房，"啊，唔，翻过这座山就看到了。"

薰的疑问不无道理。口称去看海，却在这山路上一步一步连续爬了一个小时，真能看见海不成? 我也有点担心起来。若看海，我们这地方多得一塌糊涂，平地倒难找一些——背靠高近千米的山岭，山麓紧连大海，却要特意翻山越岭看海，是因为我觉得那样看的海会十分清澄而且浪漫，作为身穿麦克列加毛衣和奶油色高领羊绒衫的惹人怜爱的高中生情侣观海场景实在再合适不过。

然而无论爬到哪里都没看到海。最初由葡萄园和桃树林那种牧歌式风景拥裹的山路，渐渐变陡变细杀气腾腾，较之楚楚可怜的高中生情侣的旅游，气氛更接近强奸女侍应生杀人抛尸案的现场。遇不见行人，人活动的痕迹也仅限于砍伐后直接堆在路旁的杉木和油腻腻黑乎乎脏兮兮的起重机。

"海不是看不见的么?"

"是没看见。"我也表示同意。

"也够马虎的了。"

"别担心，地球的百分之七十八是海。"我来了个更马虎的说法搪塞过去。

最后路不见了。再往前去，只能从杉树林穿过。我拔下摩托车钥匙，把车靠在杉树干下。

"反正上到山顶看看吧!"

"上倒可以,可嗓子干了。"

我们在杉树林中穿行。树林里暗幽幽的,闷乎乎一股松脂味儿。真怕有熊什么突然扑上身来。十二月间跑到这种地方来的,恐怕只有想从山顶看海的罗曼司高中生情侣和吃光了细竹的大黑熊。不久,穿出杉树林,来到稀稀拉拉长着几棵松树的秃山坡。从这里上去就是山顶。我拉起薰的手开始爬坡。坡面到处是父亲用来养兰花那种粗粗拉拉的土块,我们滑倒了好几次。到了这个地方,薰也忘了抗议,用肩头大大喘息着任我拉手前进。

这么着,终于登上了山顶。别说海,从这里什么新鲜物都看不见,没有人家没有果树园没有养鸡场。惟独一路走过的群山在刚刚爬来的山后连绵起伏,再往前、再再往前还是绵延的山峦。

"跟你说……"

"什么呀?"薰问。

"方向弄错了。"

松树干下积了厚厚一层松叶,薰瘫倒似的坐了下去。我挨她身旁坐下。脑海里浮现出佐藤春夫的诗句:"拾拢零乱的松叶……"这是说谎,其实我满脑袋翻转的全是邪恶的念头——如何找时机把她按倒在冬天的太阳暖洋洋照着的松树叶上。

"渴了。"薰赌气地说。

"带点什么来就好了。"

"快渴死了!"

"我也。"我陡然来了男人气。

"给人家喝你的唾液嘛!"她用多少别有用意的语气说。

可是真的？那随口说出的第二人称叫人心里一惊①。

"好、好是好……"我有点不知所措。

脸笨笨地靠得太近了,发出牙齿相碰的声响。我想起小时候做的从牙缝间往外溅口水游戏,用那时的要领往牙齿内侧搜刮唾液。

"怎么了?"

"出不来。"

"海看不见,唾液出不来。"

"有什么办法呢?"

"没有办法啊。"她说,"那么,就这样待一会儿吧。"

我们就那样待了一会儿。

---

① 两人交谈时日语很少使用第二人称。

6 信

也许在秃山松叶上坐久了,下山路上冬天的太阳很快落尽,赶回原来的神社时四下已一片漆黑。第二天补习时,薰两只眼睛哭得肿肿的。一开始我不晓得她眼睛何以那样。问她,她也只是有气无力地摇头,一声不吭。我听不进老师讲的什么,整堂课都在琢磨薰。

补习上午结束,我们像往常一样一起走出教室。回家路上薰仍然不肯开口。我开始一一回想昨天的事,看自己是否有什么失误。但无论怎么想都想不出什么。尽管气氛尴尬,但我们还是照例拖长走路时间,不知不觉来到作为两人回家路分叉点的白鹭桥。白鹭桥……河滩诚然有,水流也有,但白鹭身影从未见过,却又叫什么白鹭桥,好一个故弄玄虚的名称——一次两人这么议论过。过得桥,薰径直前行,我向右拐往河边路。往日不时绕一段路,两人一起没头没脑地谈论什么可口可乐和百事可乐哪个好喝,或者"甲壳虫"什么时候重新组合等等,而现在根本不是那种气氛。

片刻,桥过完了。两人不约而同止住脚步。薰低下眼睛,等我说点什么。我想不出足以颠覆这种沉闷时间的魔术语句。往同一方向回家的高中生里面也有几个人见过。我不由羡慕他们的快乐处境。

"对不起。"她以低得几乎听不见的声音嘟囔一句。

我转向她,说"没什么"。"对不起"到底指什么呢?"没什么"又指什么呢?这"对不起"和"没什么"简直成了"你好"和"再见"。

　　"给……"她递出一个什么也没写的白色信封。我接过后,她兀自低头快步离去。本想说句什么,见那背影似乎表示拒绝,只好作罢。

　　"对不起,"她在信上也这样道歉,"今天我想我肯定没气力跟任何人说话,所以写下这封信。昨天非常快活,无论在山路上急匆匆转来转去,还是两人说的很多话。所以别为下面写的事责怪自己。

　　"到家后,父亲正在房间等着。父亲不依不饶地问我晚归的理由。我说和同学在图书馆学习来着,但父亲不肯相信。近来他好像已注意到我的晚归,并等待机会惩罚我。而我也的确应该反省自己有点疯过头了——两人见面让人欢喜,见了就想多待一会儿。可是这样的事情对于我们恐怕为时过早。

　　"这样,暂时不能见面了。父亲禁止外出。年底计划今年怕不成了,遗憾。信写得零乱,请原谅。但别担心,我不要紧的。再见!"

薰

7　报　复

"情况就是这样。"我说。

"这算哪家子父亲!"治幸说,"她为什么没老实说和你见面呢?"

"这——,大概怕挨骂吧。"

他寄宿的人家位于车站附近。房东是一对不很老的夫妇,丈夫因脑肿瘤什么的住院,夫人一直在医院里看护,子女都已自立不在。因此,老式双层木屋里几乎只有治幸一个人住。本来另有几个包伙食的寄宿者,但都迁往别处了,惟独他兼作看守留了下来。伙食由房东委托附近一家小食店负责。治幸仅早餐在自己房间烤个面包解决,上学路上接过小食店阿姨做的午餐饭盒,傍晚同其他客人一起在同一家小食店用餐。总往他饭盒里放荷包蛋的,似乎就是这家小食店的阿姨。

一家人离散后的房子里面黑乎乎的,一股霉气味儿。二楼夹着走廊有四个房间,治幸用了其中两个。面临小巷的四张半榻榻米大小的房间里放着书桌和书架,六张榻榻米大小的房间兼作起居室和卧室。而实际上房间弄得一片狼藉,吃剩下的面包、牛奶瓶和沾有咖啡渍的杯子扔在矮脚桌上,桌旁铺着乱糟糟的被褥。房间一角放着小型组合音响机。令人吃惊的是他搜集的唱片数量。我从初一开始,零花钱几乎投在了唱片上,但搜集的密纹唱片也不过五十张。而治幸搜集的足有我三四倍之多。并且,这兵荒马乱的房间里惟独唱片架周围收拾得井然有序。

遗憾的是,他的唱片差不多清一色是古典。这很有些反常。我们一伙人里面虽然分成种种样样的派派——英联邦摇滚派(British Rock)、西海岸派(West Coast)、硬摇滚派(Hard Rock)、进步摇滚(Progressive Rock)——但既然用自己的零花钱购买,买的定是摇滚无疑。偶尔也有"天地真理热唱金曲"或"陈美玲音乐会精选"之类,但那大多是棒球部等一伙小子用每年一次的压岁钱心血来潮买的,而他们并非真正意义上的音乐爱好者。也就是说,对我们这代人而言,音乐即是摇滚。古典是音乐课堂上义务性听的东西,一如《伊势物语》和《枕草子》。

　　"不喝酒?"过了一会儿,治幸问。

　　"当然喝!"我理直气壮地说,"有吗?"

　　"买点回来。"说罢,他走出房间。

　　等治幸折回时间里,我翻看零乱放在矮脚桌四周的书和杂志。黄皮书的书名叫《娜佳》,作者是安德烈・布勒东①。不晓得布勒东是何许人,较之作家,名字更像是专家。一本杂志上刊载了这样一首诗:

　　　　波

　　　　　波波

　　　　　波波波

　　　暗淡的波明亮的波不暗不亮的波

　　　高昂的波挣扎的波奄奄一息的波

　　　分裂

---

①　André Breton,1896～1966,法国诗人。《娜佳》是其创作的小说。

破碎

逃遁

四溅

铺天盖地的波的泪水

波波阿弥陀佛　佛佛佛

我嘀咕一声"这算什么呀"，合上杂志。此外有过期的《唱片艺术》杂志，因情趣不同，放过没看。其中《花花公子》和《GORO》看上去甚是健康，拿在手上时打心底一阵释然。我翻开画页看女孩的裸体和泳装照。有的可爱，有的一般，形形色色。也有和我们年龄差不多的。

大约过了五分钟，治幸买了两个装在杯里的清酒回来。我掀开杯盖，一小口一小口啜着，继续看杂志画页。这时间里治幸放了张唱片。给人以庄严感的声乐曲。拿起封套，写的是卡尔·奥尔夫①的《卡尔米纳·布拉纳》。我们几乎没说话，只是听着音乐喝酒。奥尔夫合我的意。在听哪个似乎都大同小异的古典音乐之中，此作品确乎卓尔不群。

"不能饶恕。"治幸突如其来地说。

"指什么?"我不由回问。

"她父亲嘛!"说罢，他义愤填膺地把剩下的酒一口喝干，"得想个办法。"

"办法何来?"

他抱臂往上看着。处于狂躁状态的奥尔夫在房间里东奔西蹿。金属管乐器的高奏，炸裂的打击乐器群……

① Carl Orff，1895～1982，德国作曲家、教育家。

"夺去她的处女如何?"

我一惊,从正看的唱片解说书上抬起头,"刚才你说什么?"

"处女、处女贞操,"他显得不太耐烦,"夺去她的处女!"稍微停顿一下,"还没有吧?"

"算是吧。"我尽量暧昧地回答。

"所以,要把那家伙一举攻陷,就是说剥夺他女儿的贞操。因为那是对她父亲的最大报复。"

我不由猜想他的幼年时代怕是不幸的。

"迟早打算那么做的。"也是因为借助酒兴,我如此宣称。

"那好,"他说,"给他点颜色看!"

治幸抓过矮脚桌上的香烟,晃了晃盒抽一支叼在嘴上,以熟练的手势点燃。然后一头栽倒,头枕胳膊喷云吐雾。我听着奥尔夫呆呆想薰。

"明天回家,"良久,治幸开口道,"乡下的正月①倒是没多大意思,问题是父母再三催逼。这儿的钥匙留给你,我不在期间随便使用。"

"用这个房间?"我没吃透他的意图。

"我初六或初七才回来。"治幸把叼着香烟的嘴角往一边咧了两三毫米,"那期间还以颜色!"

"原来你在琢磨这个……"

我惊得至此语塞。蓦然,目光落在矮脚桌周围散乱的书和杂志上。那是"地下文学",是莫名其妙的诗歌杂志。治幸固然是个好家伙,但坏书未免看多了点儿,我想。

---

①　日本的正月为公历一月,即新年。明治维新(1868)后日本废止农历,但"正月"这一说法保留至今。

8　小阳春(Indian summer)

年底和正月格外叫人郁闷 。我决定和一个对脾气的同伴在除夕夜开"忘年会"。他是个医生的儿子,父母有个这方面宽大友好的朋友,愿意提供自家客厅作会场。计划加进几个女孩子一直闹到半夜。当然薰也会来。我们打算中途溜走,两人单独听除夕钟声。然后来一个堪称年终总结的浪漫之吻告别。初一偏午时分一起去参拜神社,归途去鞋店买那双一直想买的厚底厚革登山鞋,在"APPLE"咖啡馆边听"甲壳虫"边喝正月优惠价咖啡……

而这一计划彻底乱了套。忘年会上险些被喝"红玉 PORT"葡萄酒喝得大醉的另一所高中的陌生女孩夺去嘴唇,弄得我昏昏沉沉醉了两天,初一的煮年糕也没能下咽,只喝了放有梅干的茶吃了太田牌胃药就外出参拜神社,却又在神社后院被邻街一个不良高中生找碴儿勒索去两千日元①。

正月也过去四天的那天早上,薰突然打来电话,说想马上见面。我以为她肯定又同父亲发生冲突,忍无可忍的她想冲出家门。若是那样,我就不能袖手旁观,就要像《伊势物语》那样,一起私奔也在所不辞。不料,赶到碰头的咖啡馆,却见薰正笑吟吟地等我。

"怎么了?"我开口就问。

"新年好!"她说。

---

①　1万日元相当于人民币 750 元(2004 年 7 月)。

"不要紧的，来这样的地方？"

"今天爸爸不在。"她一边用纸巾擦桌面水滴，一边讲了以下情况：

那件事发生以来，她一直被禁止外出。年头岁尾父亲整天在家，电话都打不成。想不到今天父亲因事离家一天——到邻县亲戚家去了，回到家无论如何都得晚上。这样，平日觉得薰可怜的祖母和母亲劝她今天去外面尽情放松一天。

什么尽管晚了也去参拜神社呀什么转唱片店呀什么去看电影呀——这种迂腐的打发时间的方式根本没在我脑海里闪过。我脑袋里粘贴的全是治幸寄宿房间那猥琐而脏污的光景，就像前世一个约定。走出咖啡馆，我也没告知去向就走了起来，薰也像对什么有心理准备似的默默跟在后头。两人几乎没有说像样的话。就我来说，就连观赏周围景致的闲情都无从谈起。不久，穿过商业街，来到站前大道。从那里往小巷里一拐就是治幸寄宿的地方。

门口插着日丸旗和青松枝，所幸人似乎不在。我来回转动治幸给的钥匙打开房门。拉开早已没了润滑油的玻璃拉门即是狭窄的脱鞋间，里头是房东的居住区。我们手提脱掉的鞋，爬上右侧昏暗的楼梯。打开面对走廊的隔扇，一股汗臭味直冲鼻孔。我先进去，薰接着进来。隔扇拉好，从里面闩上——无非把一条细绳系在钉子上。同小房间之间的隔扇也关了。这个六张榻榻米大的房间没有窗，房间里几乎漆黑一团。但似乎哪里有光泻下，眼睛习惯黑暗之后，即使不开灯也可看出房间里的情形。

没有年末大扫除意识的治幸把房间弄得和平时一样乱七八糟。矮脚桌上除了空牛奶瓶和咖啡杯，两人喝空的清酒容器也照样剩着没动。有女孩子裸体插图的杂志也胡乱扔在矮脚桌旁边。

我就在如此环境中就下一步应采取的行动思来想去。我觉得无论怎么行动都难以避免唐突感。这时，薰眼睛倏然落在房间角落永不收起的被褥上低声道：

"不得了啊！"

"不得了吧？"

两人合声笑了笑。以此为契机，我拉起薰的手把她往一片狼籍的褥子上拽去。她略微踌躇一下，膝盖触在被上。我们就那样双膝着地久久抱在一起，不时吻在对方的脸颊和脖颈上。一咬她耳垂，她深深叹了口气。接着，我把她身体放倒在被子上，一边对吻嘴唇一边脱她的衣服。毛衣脱了，衬衫扣解了，乳罩吊带拉下了，挂钩摘开了。这一过程中薰嗤嗤地笑。

"怎么了？"我移开嘴唇问。

"你太熟练了嘛！"

她语气里透出一丝凄寂，就好像是说两人之间纯粹的东西将会因此失去。我也心有所觉，似乎听得母亲说罢"光知道脱女人衣服怎么得了"的叹息和随即发出的低微的咂舌声。但现在不能夹带任何自省。这种时候若受母亲干扰——怎么说呢——本该挺起的物件都挺不起来了。

被褥潮乎乎的凉意和男子更衣室般的气味都已顾不得了。我吻薰的喉颈和肩部，一边用手掌围拢乳房一边把乳头含在嘴里。她像忍受不住似的发出细微的呻吟。一会儿，她突然欠起身体，开始在上面脱我的衣服。衬衣也整个脱掉后，往我胸口接了个长吻，把耳朵贴在上面。

"能听见心跳声。"她说。

"理所当然嘛！"

"好怪，"她扑哧笑道，"像什么小动物似的。"

"别再说了，挺不好意思的。"

"也听听我的！"

我把身体换个位置，耳朵放在薰左边乳房的下面。

"怎样？"

"听得见。"

"理所当然嘛！"

我移开耳朵，用一只手摸裙子的挂钩。薰的手迅速抓住我的手腕。感觉上较之明确表示拒绝，更像一种条件反射性防御动作。

"可以的？"

薰既不说可以也不说不可以。我靠另一只手帮忙，解开了裙子挂钩。多少花了些时间。薰的手一直抓着我的手腕。其用力方式，与其说是抵制我的手的动作，莫如是想从男性方面来认识正在自己身上发生的事。这种温顺的协助性暗示给我增添了勇气，我终于突破复杂的防线。细拉链静静拉下之后，她的手松开了我的手腕。

薰哭了。不知是因为高兴还是因为悲伤。小巷里传来孩子们玩耍的声音。本应好端端拉合的把小房间隔开的隔扇裂开了一点点，冬日柔和的阳光从中照射进来。薰叫我的名字，我贴近她安详的眼角。

不知过了多长时间。她闭目合眼，发出安静的睡息。我用手指轻轻拨开她脸上沾的头发。本应叫醒她了，可我不想知道准确时间，没勇气把手伸向枕边的手表。隔扇缝隙泻入的阳光是那么长，看样子很快就能照到薰散在榻榻米上的秀发。光带中有小小的尘埃飞舞。我把下巴颏儿放在交叉的胳膊上，久久、久久地盯视这不足为道的舞蹈出神。

第二章　1975 年・夏

1 夏　祭

　　那年夏天,我们住的城市里破天荒出现了裸奔者。端坐于城市中央的城山的北侧,有一条东西向长约一公里的带篷商业街,人称新桥银天街或惠比寿町。其正中间那里靠城山有一条坐落着市政厅大楼的主街,一个男子从这条主街后巷肆无忌惮地戴一副理查德·尼克松面具、除穿一双运动鞋外一丝不挂地跑了出来。从新桥银天街到惠比寿如疾风一般跑了五百多米——被人们视为田径部的男子也并非没有道理。

　　为什么我们高中的田径部格外被人盯上了呢? 首先因为此人戴有理查德·尼克松面具,这显然是政治批判意图的表现。其次,据目击者介绍,此人边跑边喊"peace, peace"①,"反体制知识分子"这一犯人形象由此浮现出来。搜查当局判断,在我们这座城市里,具有"反体制知识分子"生息的可能性的,只有我们这所高中。顺便说一句,关于裸奔者是否属于罪犯这个问题,由于本地警察署长会见记者时发表了"拟以适用刑法之公然猥亵罪进行逮捕"这一方针,所以请允许我使用"犯人"一词。

　　听到这个消息后,我凭直觉认为犯人必是治幸。第一点,理查德·尼克松面具这个念头绝对符合他的感觉。还有,在我国,顶多六本木一带会突发性出现这种太平洋彼岸习俗,而将它直接

---

　　①　意为"和平,和平"。

带到地方城市商业街的未免唐突的大胆表演，只有在全校早会上裸露屁股的他才干得出来。况且即便以地方城市的感觉来说，裸体这一现象也早已成为过去。这东西在电视和报纸上引起哄动的，是在我们还是初中生的时候。所以，听得"新桥银天街出现裸奔者"这一消息时我最先涌起的感想是：什么年月了还搞这个！而这种时代错误也同治幸相当谐调。

"犯人是你吧？"我问。

"说的什么呀！"

"别装糊涂，我可是一清二楚。"

"所以问你说的什么嘛！"

"啊，也罢。公开承认事实毕竟不好意思。但有一点你记着：我是你的理解者。"

"没记得给你理解过什么。"他说。

七月。期末考试也已结束，算是暑假补习开始前的赛事总结那样的时间。这期间孤零零有个夏祭活动。据说起始是为了祭祀在反抗新政权斗争中被谋杀的家老①之灵。家老遇害之后，连续发生饥荒和天地变异现象。人们以为定是家老作祟，于是马上举行祭祀。从起源上看掺杂着相当急功近利性质的因素。这且不论，反正有个祭祀活动。

平整的路旁排列着老柳树。明治②或大正③初期填埋城壕时只剩下了这些柳树。所以，哪棵树的树龄都有二百年左右了。我沿着往日城壕朝商业街走去。壕左侧是旧城的城内，细木格门世

① 日本江户时代在藩主手下主持藩政的重臣。有数人，轮流主政。
② 日本年号，1868～1911。
③ 日本年号，1912～1925。

家宅第和带有安静前庭的旅馆等一家挨一家。隔一条车道,右侧是一排医院和商店等新建筑。薰身穿蓝地花纹浴衣①,长发在脑后扎成一束。大概出门前淋浴过吧,不时发出一股香皂味儿。

"我想可能不是治幸君。"她边说边在路面轻声拖着木屐。这是对于我的见解——我认为我们这座城市亘古未有的裸奔者是治幸——的反驳。"因为那不像是治幸君干的。"

"我认为那才像是治幸君干的。"

"裸奔者,总的说是变态分子吧? 可我看治幸君并没有变态的地方。"

"那样说来或许是那样的,尽管十足是个怪人。"

不觉之间,穿过商店街来到货摊并列的参道②。狭窄路面的两边连着好几家店铺。有卖廉价玩具的,有抽签的,有卖花花绿绿偶人的,有卖面具和橡胶娃娃的,有卖"东京蛋糕"实则莫名其妙的东西的,有闷乎乎发出一股沙司味酱油味的不设座的小食店。此外,有鬼怪室,有射击室,有套圈场,有投球场……总之祭祀日或庙会当中应出现的店铺一应俱全。太阳仍很高,到祭祀活动真正进入高潮还有些时间,但参道上已人山人海。

薰在卖便宜玩具的店里一一细看,一副想买什么的样子。一眼看出她心思的男店主亲热地搭话,这个那个向她推荐。

"有什么想要的?"我不无责怪地问。

"想给弟弟买件礼物。"薰把游移不定的视线停在店里的东西上面。

"这种地方买的东西,会很快坏掉的,没有意思。"我耳语似的

---

① 此处指日本女子夏季逛街、散步或浴后穿的比较单薄的简易和服。
② 为参拜神社或寺院修筑的道路,一般直接通往神社或寺院正门(山门)。

低声说,"还是去正规玩具店买吧,嗯?"

"是啊。"她点了下头,拿起一个由发条驱动的镀锌铁皮艇,"这东西怎么样呢?"

真不知她到底听见我的话没有。也许受到薰造作态度的鼓动,店主说了句"阿姐可有私生子不成",当即要把薰手里的小艇包起来。

"那,回去路上买吧。"我赶紧说道,"现在还得拿着,在人群里挤坏了就麻烦了。"

"倒也是。"薰好歹放下玩具。

我们转身离去时,店主用大得吓人的音量吼道:"等到你回来!"想必是对于买卖落空的发泄。薰礼貌地回头点了下头。我在心里不屑地回敬一句:鬼才会再来!

穿过巨大的石牌坊,过得太鼓桥,小山下有一座神社。从桥上往下游看去,河面上架好了几处准备放的焰火,两岸搭的合成板观众席上已经有人摆出了看焰火的架势。沿街缓缓走来的花车先上船出海,绕完小海岬后,再从河口溯流赶来这里。届时架好的焰火一齐发射,同时神社后山也有盛大的焰火腾空而起,形成两日祭祀活动的高潮。

我们爬上长长的石阶走进神社院内,绕神社转了一圈。这是我正月初一独自来拜神而被邻街一个不良高中生勒索钞票的地方,但现在没有不良高中生。折回神社正面,投了一枚硬币合掌祈祷,俨然高中生情侣抽了支签。

"小吉。"我打开自己这支签念道,"有先见之明。宜果敢行动当机立断。祸从口出,故不可就他人评头品足。注意不动产和异性问题,对甜言蜜语和诱惑须多加小心……这哪里谈得上小吉呢?"

"这些只要都注意了,往下可保平安无事——不是这个意思么?"

"你的也念念嘛!"

"有点儿害怕,"她说,"若是大凶怎么得了!"

"我来念。"

薫用手指捏着纸条思索。"还是算了。"她说,"就这样系在树枝上回去。"

"那,为什么抽签岂不搞不清了?"

"可以了。"她边说边把未打开的纸签系在树枝上,"听说这样一来坏运气就消除了。"

"好运气也跑了哟!"

"总比给坏运气逮住好。"

薫在另一家店给弟弟买了玩具,一架用发条驱动的铁皮战机。跑的时候从驾驶舱的机关枪里冒火花。我漫不经心地拿在手里,说过去玩过这东西。她当即做出决定,说就买这个。刚才那么拿不定主意,现在却又轻率起来。两人觉得累了,走进一家本地青年团和妇女协会办的店。

"夏天不一起看海去?"要罢刨冰,我开口道,"把治幸和早川也拉去。"

早川是和薫同级的女孩子,两人要好。若补充说一句,早川的身段甚是丰满迷人,在我们男生中间是个多少伤脑筋的存在。

"为什么要早川上场呢?"薫从桌面抬起疑惑的脸问。

"啊,因为治幸没有女朋友嘛,想趁此机会给他也介绍一个。早川人又不错……"

薫呆愣愣往店门口那边看着,自言自语地说:"可是有点不好意思。"

"不好意思什么?"

"穿泳装。"

"上游泳课时不总那样的么?"

"那和这不同。"

如何不同?

"反正快些跟早川说好了。"

"是啊……"薰以消极神情应道。

一会儿刨冰上来。我们默默吃了一阵子刨冰。薰的吃法中规中矩,就好像山脚人家害怕雪崩似的,从挂着砂糖的顶尖用羹匙一点一点舀取。较之吃东西,更像是刻意操作羹匙。

"现在几点?"冰山处理掉差不多一半的时候薰问。

"五点半过一点点。"我觑了眼手表。

"该回去了。"

"这就?"

"七点以前必须回去。"

"是夏祭的哟!"

"和别人家不一样。"

"你父亲到底什么时候才能给你自由呢?"

"这——,什么时候呢……"

"迟早正式抢走!"我吓她一下。

"抢吧。"她淡淡岔开。

大概以为我开玩笑。

"没办法啊!"

薰微微浮起笑意,什么也没再说。稍顷,注意着浴衣下摆缓缓欠身。刨冰剩了将近一半,开始在容器里化为红色的水。

2　游　泳

　　放暑假后,下午大部分时间开始同治幸在游泳池度过。他喜欢游泳。尤其今年夏天他好像把彻底掌握快速转身作为最大目标,同一动作不知练习了多少次,在旁边看起来都觉得眼花缭乱。我以爬泳游了二十五米,喘口气后又游回原来地方。治幸正进入不知第几十次快速转身动作。他朝着起跳台拼命拉短剩下的十几米,在适当位置转过身体,脚用力踢一下池壁,就势在水中前进五六米,"噗"一声吐气露出脸来。

　　"多好的天气啊!"他说,"蓝天、耀眼的太阳、树间吹来的风、年轻人的欢声笑语……还需要什么呢!"

　　"女孩如何?"我小心来了一句。

　　不出所料,他一下一下眨闪着给盐分弄红的眼睛,足足盯视了十秒。尔后以略带责备的口吻说:"你霉烂的脑袋瓜里莫非只有这个?"

　　"蓝天也好太阳也好树间来风也好自然不坏,可是这些我想还是应和女孩子一起享用才好。"

　　"女人啰啰嗦嗦烦人。"

　　"瞧你说的。"我赌气地一头扎进水里。

　　"谁都明白的事,稍微一想。"灰色苦行僧治幸待我从水里刚一露头就这样说道。

　　"你总是那么想来想去,却什么也不做。"

"那不是的。该做的事没有不做的。只是不跟女孩子厮混罢了。"

"那么,最想做的事是什么? 就是把那可气可恨的快速转身彻底拿下?"

交谈中断片刻。我拍击脑袋,让耳朵里灌的水淌出来。治幸靠在泳道绳上一副冥思苦索的样子。

"女孩子难道就那么好?"治幸终于开口道,语气里含有平时所没有的超脱意味。

"你有病!"我说,"十七八岁健康男孩的脑袋里,除了同女孩子的模拟测试可是没别的哟!"

"反正我没兴致。"

"所以说有病嘛!"

"法西斯可知道?"

"希特勒、墨索里尼、东条英机。"

"不不,我说的是更本质的东西。"

"第一次世界大战后意大利产生的法西斯党……"

"你的知识离不开考试框框。"

"抱歉,反正我是校内模拟考试第八名。"

"表面谦卑实则傲慢。"

"出以谦卑的傲慢。"

"很明白的嘛!"

我一个人从水中出来,歪在游泳池岸上。给治幸介绍女孩子这一想法从根本上就是错误的。让他和早川约会,无异于让猪跳吉特巴舞。不大工夫,治幸从游泳池上来。不知为什么,竟吹着口哨。

"什么叫法西斯主义?"这回由我问他。

"将超越自身理解之物视为异常的心态。"他回答。

"谁说的?"

"我说的。"

"说谎!"

"你的单纯几乎属于犯罪性质。"

"那也是法西斯主义?"

"什么?"

"算了,只是随便说说。"

我继续在游泳池畔默默晒太阳。七月强烈的阳光很舒坦地照在凉瓦瓦的身体上。我时而睁眼观察一下动静,见治幸在稍离开些的地方抱膝坐着,清澈的眸子对着远方的积雨云。

"不再游一次?"我起身问。

"你认为人为何成不了神?"他没头没脑来这么一句。

"大概因为牧师和神父把神的价值抬得太高了吧?"我想了三十秒回答。

"人关键时候做出的事情令人想起下半身的存在。"他没理会我的回答,"所以永远成不了神,尽管已经到了差不多该成神的阶段。"

"不想成什么神。"我说,"我想就这样当人,当不断以下半身的存在来触发自己的人。"

"这倒也是一种见识。"

"回走吧!"我开始觉得傻气。

"海什么时候去?"他问。

"怎么?"

"希望我一块儿去吧?"

"算是。"

"我也方便,想听一下大致安排。"

我是大人,这种场合也高傲地点头道:"原来如此,你偶尔也想触发一下自己的嘛!"

3　赶　海

　　作为十七岁高中生第一次体验的 Double Date① 的场所,我选择了 T 海水浴场。除了海水漂亮和有挡人视线的树林竹丛,还有由于必须乘船去这个最主要的因素。若定在可以乘大巴去的 A 海水浴场,那么在往返大巴上的双人坐席上,很可能我和治幸、薰和早川坐在一起。也就是说 Double Date 成了男的和男的、女的和女的粘在一起的东西。而 Double Date 的本来目的并不在于相互确认男士之间的友谊和加深女士之间的感情。所以我打算在船上尽可能离开治幸而只同薰在一起。

　　"早川这人相当积极的嘛。"我半看不看地看着并排坐在椅子上的两个人那边说。早川刚才就把自己带来的香口胶递给治幸,还卖力气地搭话。

　　"挺用心的。"薰说。

　　"说不定意外顺利,那两个。"

　　"不过治幸君怕是讨厌女孩子的吧?"

　　"何以见得?"

　　"总好像有。"

　　"喜欢男的不成?"

　　我们租了间海滨小屋,放下饭盒和衣物,在更衣室里换上游

---

　　①　两对男女在一起约会。

泳衣。薰的游泳衣是在学校上游泳课时穿的深蓝色连衣裙样式的,我和治幸也是学校指定的普通泳裤。惟独早川不知想的什么,竟是黄地带鲜红色扶桑花的比基尼。她家实行的到底是怎样一种性风俗规范呢?而早川的肢体比比基尼更有刺激性。尽管事先有所预想,但我还是感到困惑——现实远在预想之上,脑海里条件反射似的浮现出"妖妇"一词。总之,无论胸部还是臀部,发育程度几乎均非高中生可比。

"看见了?"我凑近治幸说。

"什么呀?"他显得不耐烦。

"那个么,早川的身段呀!"

"那怎么都无所谓。可你别碰我的身体好不好?"

"不过真让人吃惊。那么模样老实的女孩子在校服下面竟藏有那么丰满的肢体。不认为神也相当好色的?"

"好色的是你吧?"

"别那么说话,冷静一点正视现实,没时间开那种无聊玩笑的哟!"

治幸目不转睛注视我的脸,随即"呼——"一声叹了口长气,然后像被迫踩圣像的基督教信徒那样无可奈何地把脑袋旋转三十度,将早川的形体捕入眼角。

"怎么样?"我别有用意地问。

"时起时伏时凹时凸好忙乱的身体啊!"

"你就不能从审美角度看女性的身体?"

"因为是现实主义者,我。"

得了,标榜现实主义者而又赞美蓝天太阳树间风的治幸其人,对那般令人荡神销魂的早川的肢体看都不看一眼,一下海就往海湾浮筏那边迅速游去。大致目测之下，到筏足有一百米。再看妖妇，不知是不会游还是本来就不游，妖妇则把白生生的玉腿泡在水里，气恼地盯视治幸游去的海湾。而我又不能把她扔下只和薰两人单独嬉戏，别无他法，只好从后面追赶治幸。他以其擅长的自由泳游出了好远。我时不时回头看一眼岸边确认妖妇和薰，同时往筏游去。治幸已把手搭在筏上准备爬上去。我没做热身操就下了水，游到一半的时候右脚趾开始一抽一抽地痉挛起来。每次下冷水那里都抽筋。我停止游动，潜入水中使劲揉搓痉挛的脚趾，然后继续前游。

好歹游到浮筏，脚踩泡沫塑料爬了上去一看，治幸正仰面躺在筏中间踏板上面，对着泻在脸上的阳光紧紧闭起眼睛。

"你打的什么主意啊，"我劈头责怪道，"扔下她们自己跑来海湾！"

他仍然闭目合眼，死一样一动不动。我靠近他坐下往海岸那边看去：薰和早川混杂在其他海水浴客之间泡在齐胸深的水里，时而随波逐流游动几下。

"我对你说清楚，早川由你照顾！"我按捺不住心中的火气，"两个男人在这种地方亲亲密密晒日光浴算怎么回事！"

治幸兀自闭着眼睛不动，像是在说一切听天由命。湛蓝湛蓝的天空一丝云影也没有，到处洒满夏日灿烂的阳光。闭上眼睛，眼睑内侧红彤彤的。过了一会儿，觉出有人凑近自己。睁眼一看，治幸的脸近在眼前。

"引力问题！"他笑也不笑地说。

"那当然。"我决定不理睬他。

"你不认为地球引力太大了？"

"那就去月球上生活。"

"在水中之所以舒服,可能是因为感觉不到引力。"

"水母想必心旷神怡。"

"能在水里面生活该多么美妙啊——不那么认为?"

我睁开眼睛,一动不动盯住治幸的脸,十秒钟没移视线。

"还是关心地面上的生活好了。"我以关切的语气说。

"你的意思我明白。"他拦住我的话头,"是指女孩子吧?"

"怎么明白过来了?"

"一次函数嘛!"

"什么意思?"

"相对于 X 值,Y 值有一点可以定下。"

"好像在受人愚弄。"

"是在愚弄你嘛!"

"谢谢。"

"干吗道谢?"

"别人打你右脸,把左脸递上去。"

"休得亵渎圣书!"

"是想解释一下。"

"伊斯兰教徒可是要见血的。"

血固然没见,但我的拇趾归途中痉挛了几次,每次却要潜入水中揉来搓去。治幸怎么样?老朋友像发生胃痉挛的海马那样揉搓脚趾之时,他也如同在《明镜之国艾丽斯》大吃特吃可怜的牡蛎的海象一般在我的四周一圈圈游个不停。

游上岸一看,女孩子们早已返回海滨小室,正在准备午饭。我俩马上淋浴,坐下吃午饭。饭盒是和她们两个分工做的。由于肚子饿了,只顾闷头吃饭,治幸吃倒是吃了,但正在吃饭团子的时候被妖妇问了一句"咸淡怎么样",问得他险些把饭团噎在嗓眼下不去。用妖妇赶紧递来的麦茶冲咽下去,刚刚缓过一口气来,塑料饭盒里一字排开的荷包蛋又被端到眼前。他心惊胆战地望了片刻,就像是说在此败退岂不丢了男人脸面,随即把他那般深恶痛绝的荷包蛋一连干掉三个。妖妇进一步追问:"怎么样?好吃不?"而作为噎得翻白眼的治幸,大概未能吃出真正滋味,合掌道了声"多谢招待"之后,马上朝海里奔去。在把大汗淋漓的身子泡进凉浸浸的海水之前,估计连活着的感觉几乎都已丧失。

在回去的船上,治幸绝不往早川身旁靠近,如影随形一般紧紧贴在我身后。虽然叫人快快不快,但他毕竟忍受了那么多磨难,决定饶他一回。

"有意思吧?"我靠在甲板栏杆上问。

他以"瞧你问的什么"那样的表情看着我,然后垂下眼睛,仿佛重新咀嚼今日一整天的艰难困苦。

"你这家伙真够窝囊的,竟败在女孩子手下。"我说。

"那女孩应付不来。"治幸略微撇起嘴道。

那女孩也好这女孩也好荷包蛋也好,你全都应付不来——心里虽这么想,却没有出口。这大概就是所谓友情吧,我沉浸在向阳坡一般温馨的思绪中。

4 姐　姐

暑假补习一结束治幸就回乡下去了。和薰也不可能天天相见。两人之间,电话基本由她那边打来。结果我只有等待薰电话的份了。早上起来我自己做冰咖啡喝,夜里边听尼尔·扬的《今宵彼夜》边吃冰激凌。那时间里或解数学题,或作英语单词卡片。若一整天没有薰的电话,就觉得那天整个被冰咖啡和冰激凌消耗掉了。而若一星期都没有电话,甚至起床做咖啡的气力都已失去。我终于下决心主动打电话过去。

"喂喂。"

"我是小林……"

"啊,是我。"

"哎呀。"

"还好?"

"好好。现在哪儿?"

"家。今天不去学校一起学习?"

"学习……你是薰的朋友?"

"哦?"

"我是薰的姐姐。"

"啊,对不起……"

"等一下。"

里面有呼叫薰的声音。稍顷,听筒里传来年轻女子对笑的声音——薰终于接起电话。

"你怎么对姐姐展开攻势了?"

"根本没有呀!"

"不是要拉她一起学习么?"

"以为肯定是你呢……"

"就那么像?"

"所以不是听错了嘛。"

"脸可一点也不像的哟!"

"你姐姐这人也够坏的。"

"姐姐,他说你够坏的!"里面传来告状声。随后,薰重新接起电话:"告诉她了。"

"快算了吧,傻瓜!"

"三十分钟后去学校。"

校舍是三层建筑。我们教室在二楼。打开教室和走廊的所有窗扇,把桌子搬到走廊学习,有风吹过,凉爽宜人。市立图书馆是老建筑,暑假人又特多,因此我们常来学校做功课。遇到同学可以在天台上做接抓球游戏,还去附近小食店吃拉面。

这天,薰是像模像样穿着白衬衣制服裙来校的。作为原则,暑假来学校时也要穿校服。我则一条带补丁的牛仔裤一件花格衬衣,头发准备留到开学典礼那天再说。

"从什么开始?"薰把问题集和笔记本摆到桌面。

"好久没见了,说说话可好?"

"好的。"薰把脸转向我,"那,说吧。"

"你姐姐漂亮?"

"我回去。"

"开玩笑。"

"是玩笑。"

"想见一见啊。"

"早晚叫你见的。"薰冷冷一句。

"胸部哪个的大?"

她开始把桌上的东西塞进书包。

"开玩笑嘛!"我止住她的手,"好久没见了,一时高兴,就忘了平常心。"

"那就快想起来,想起你那平常心!"薰没好气地推开我的手,"我可没那么多闲工夫。"

我们决定做一会儿英语长句读解。两人翻译课本上的句子再一起商量。但我很快厌了,从课本上抬起脸,边查辞典边看薰的侧脸。她意识到我的视线,也抬起脸来,询问似的歪起脖子。

"你姐姐把我当成谁了呢?"

薰长长叹息一声。

"那说话方式像是把我错当什么人了。"我辩解似的补充一句。

"不会当成她自己的那位了?"薰的语声里透出不耐烦。

"有那样的人?"

"听说是大学里的。"

"声音相似?"

"可能。"

"脸可一点也不像的哟!"

"傻瓜。"她终于笑了,"姐姐是打算同那人结婚的,暑假回来跟父亲讲了,像是说要来见见父亲。父亲说绝对不见。"

"为什么?"

"学生么,那人,是研究生。父亲说不能同那样的人结婚。在父亲眼里,大概以学生身份结婚是荒唐透顶的事情吧。"薰以意外冷淡的语气说。

"你姐姐多大?"

薰眼神严峻起来。

"只是想了解和你之间的年龄差。"

"二十一。和我差四岁。"

"四年后,能把我作为结婚对象介绍给你爸爸?"

"懒得同父亲谈什么结婚。"她那口气,较之明显的厌恶感,更像是出于对父亲的惧怵。

"你姐姐并不懒得的吧?"

"真坏!"

"哪里,不是那个意思。"

"姐姐是个坚强的人。"

"你软弱?"

"在父亲面前,无论如何都积极不起来。"

"那为什么?"

"用姐姐的话说,是父爱太强烈了。"

"对你?"

"是的。姐姐认为没得到多少父爱,所以可以在某种程度上反抗父亲。但我由于被父亲爱着,对父亲势必言听计从。"

"爱和拥有我想不是一回事……"

"或许我这人笨。"她以不悦的神情继续道,"常有小孩子弄死小动物那样的事吧? 其实那不是因为心狠,而可能同笨拙有关——比如说,因为太喜爱了而用手捏碎。"

"你会被悄悄捏碎不成?"

"肯帮助我?"

"那还用说。一直说的不就是这个么!"

我这么一说,薰有点凄然地笑了。也许是去海边时留下的痕迹,脸颊那里多少晒黑了。脸庞细细的汗毛在走廊窗口泻下的阳光下微微闪光。

5　瀑　布

暑假剩下不多几天了。我们以每星期大致见一次的比率见面。而且基本上是在校内一起学习，中规中矩。自去年年底那次以来，对两人的关系一直采取自重态度。从学校回来路上也很少绕弯，星期天见面时尽量让薰早些回家。我害怕她父亲的干涉，害怕再次喝令她不许外出。此时同她父亲冲突不是上策。况且作为我多少有了一点资本。虽不是照搬治幸的说法，但夺去薰的初次的确使我的心情放松许多。她父亲再说什么也无济于事了。

不过，所谓"肉体关系"仅仅一次。并且随着时间的推移，愈发强烈地觉得那似乎是一种事故。我想再冷静地同薰来一次，但半年过去了始终没得到机会。所看重的暑假也将落空，八月都已接近尾声了。我心焦意躁。几个月来甚至吻都没接成。这样的自己实在太可怜了。我决定说服薰来一次郊游，也好作为暑假最后的回忆。郊外有个蛮有情调的峡谷。有水流清澈的河，有瀑布，有茂密的树林，有巡回的观光道。两人就去那里。

早上九点在大巴站碰头。我费了好些劲才穿上裤腿收得过紧的紧身牛仔裤，较约定时间晚到了五分钟。慌忙骑上自行车赶到一看，薰正在大巴站长椅上等着。差一步没赶上要坐的大巴，只好等三十分钟坐下一班。车内我们几乎没说什么像样的话。薰呆呆地看窗外的景色，也可能为我的迟到生气。车在城里跑了一阵子后开上国道，又驶入狭窄的支线路，在水田和旱田中间继续奔跑。水田里稻子已开始结穗。旱田则泥土干巴巴的,泛着白色。河流深深淘开地表,插入前边耸立的崇山峻岭。

跑了一个小时,目的地到了。前面已无路通车。车停进小广场让客人下去后,打了好几次方向盘才转过车身,返回来时的路。水流声和无数蝉鸣笼罩了周围空间。正可谓菲尔·斯拜克特(Phil Spector)①的"音墙"。广场四周的杂草落满了汽车扬起的灰尘,白花花的。我们穿过广场,往观光道入口走去。观光道沿着海边穿针走线,朝杉树和丝柏树林伸去。踏进树林,四下里的空气陡然变凉。路湿漉漉滑溜溜的,稍微一踩,红色的粘土便钻进鞋底纹路,把鞋弄得重重的。我接过薰手中的提篮。她在篮里装了饭盒拿来。我往保温瓶装了自己擅长做的冰咖啡。杉树一棵连一棵。夏天的阳光从树梢间落在泛红的小路上。小路铺着圆木,是用来滚动木马运送货物的。所谓货物,无非是砍下的木头,吊在起重机上运下山去,充其量用来做饭盒和施工器具。

上小学时来这里野游,时常遇到脚穿胶靴腰别毛巾的汉子拉曳木马。有爽快地向孩子们打招呼的,也有用很凶的眼神瞪着我们无声走过去的。我想起这些,倒不是因为怀念天真单纯的小学时代的自己,而是出于一种感触——小学野游原来是一种 location hunting②。就是说,作为小学生的我们是为了寻找长大以后领着女孩子散步、拉手、接吻的景点而在附近山野里起劲儿地走来走去的。这么着,这一带的地理情况大体装进了我的脑袋。往下只有找准时机设法走进早已找好的场所即可。

---

① 1940 年生于纽约,六十年代成名的优秀音乐制作人,其"音墙"技术影响了许多摇滚乐的制作。

② 意为物色电影或电视外景拍摄地。

"讲点什么!"薰说。

脑袋里全是 location hunting 的我刹那间觉得薰看出了我的心思。想来,走进山路后还几乎没说什么话。薰大概忍受不了这样的沉默。

"海明威的《丧钟为谁而鸣》看了?"我为了掩饰自己愧疚的心情问她。

她摇头。

"暑假有时间找来看一下。总体上我不认为有多大意思,但有一个地方兴味盎然。"

"什么地方?"

"作品里面,有男主人公和女主人公相爱的场面。男女钻进同一个睡袋做爱——那么狭小的地方居然做得来,令人叹服。外国人真是灵巧。"

对此她什么也没表示,只是说了一句"不能默默走路?"我们默默走路。上坡,下坡,下到河滩,再次走入树林。河滩的巨石与巨石之间架一座吊桥,我们扶着铁链在摇摇晃晃的桥上移步。过了桥,正面出现一道瀑布。水从澡堂烟囱一般高的地方垂直落下,细小的飞沫把周围的石头和草木淋得湿漉漉的。水泻落的地方形成一个直径十米左右的圆池,池里面有四五个小孩游泳,瀑布底端的水是深蓝色的,作为搂住她接吻的背景可谓十全十美。无奈有小孩子。接吻时要绝对避开小孩子。接吻当中的情侣若是给他们看见了,他们会像第一次见到黑船①的浦贺渔民一样用手指着大声起哄。

_____

① 江户末期由欧美各国驶来日本的船舶,船体涂以黑色。

"可看过太宰治①的《鱼腹记》?"这回薰向我发问。

"我想没有。讲的什么?"

"在山里边烧炭的一对父女的故事。"她简要介绍起来,"父亲把自己烧的炭拿到山下村庄里卖来维持生计。这时间里女儿开茶店向登山的人们卖清凉饮料和粗点心或者采蘑菇。某个时候,女儿过够了这样的日子,跳进了瀑布下的水潭。忘说了,两人生活的小屋附近正好有这样一道瀑布,就跳了进去。结果,女儿的身体不知什么时候变成一条小鲫鱼,女儿心想,这回可以不用返回那座小屋了,直接被水潭吞了进去……就是这么个故事。记得好像收在《晚年》这部作品集里。"

"马上读读看。"我说,"你也读一下《丧钟为谁而鸣》如何?"

"睡袋。"

"那是。"

"有兴致再读吧。"

我们爬上瀑布旁边开凿的石阶,继续往上游走去。瀑布上面水流徐缓,河滩覆盖着榻榻米大小的平板石。快到中午了,决定在此吃午饭。薰带来的提篮里面装的是敞开式三明治:卷形面包中间夹着火腿、莴苣和西红柿。我把保温瓶里的冰咖啡倒在杯里递给她。

"暑假就要结束了。"她说。

"夏天过去,我们增加一岁。"

"想快点儿增加岁数。"

"却又为何?"

---

① 日本小说家,1909~1948。

"总有点喜欢不来我们这样的年龄。"

"多大年龄合适?"

"是啊,"她略一沉吟,"七十岁左右。"

"七十岁!"

"想快点儿成老太婆。"

"快慢且不论,你我到七十岁,我想还要等五十三年。"

交谈一时中断。我喝杯里的冰咖啡。她也随之啜了一口,说了一声"好喝"。

"接吻可以的?"

"在这里?"

预料她会犹豫或反感。可是出乎预料,她像要冷静分析情况似的迅速打量四周。形影虽没看见,但附近有人的动静。

"啊,可以了。"我对她的反应感到满足,"反正先吃三明治吧。"

薰"嗯"一声点了下头,拿起一片。却又把拿去嘴边的手放在膝部,停在那里不动。她以怅惘的眼神似看非看地看着自己做的三明治。

"怎么了?"我边往嘴里塞三明治边问。

"想快点儿离开家一起生活。"她自言自语地说。

"我这方面什么时候都没问题。"

"事情能那么简单?"

"只要有个睡袋,总有办法可想。"

"有时挺担心的。"

"你那样的性格……"

"反正吃三明治好了。"

薰终于把手里的三明治放到嘴里。吃法看上去很有些自虐意味,简直就像把什么异物勉强捅进口中。眼神空漠,吃的什么仿佛都不知晓,只是机械地动着嘴巴。嚼了一半再次止住,以蒙上阴翳的眼睛注视我。我不由端正姿势。

"避孕套,带了?"她问的语气很轻松,不让我感觉出唐突——尽管问得有些唐突。

"现在、在这里?"我惶恐地反问。

她默然点头。

"没带,又不是因为有预谋才拉你来的。"我果断而无比迅速地说道,"如果需要,跑去山下买一个回来?"

薰以眼睛笑着摇头。

"为什么问起这个?"我在强烈的焦躁感的驱使下问她。

"不知道。不知道自己需求的是什么。"

"哦,是什么……?"

"抱歉。"她伏下眼睛。

"你把我看成什么了?"

"那么问我就放心了。"

放心也不好办。

"真的,去山脚下买也可以的哟!"

"已经可以了。"她一口回绝。

"真的?"

"嗯。"

我们提起东西,重新上路。什么时候了呢? 置身于幽深的峡谷树林中,由于光的作用,很难判断时刻。在山路走了一阵子,薰突然把我叫住。我走了两三步,回过头去。四目对视了几秒钟。

"吻我！"她说。

薰的视线落在脚下。看样子，只要我不采取行动，她就永远保持那个姿势。我稍微退回，把她手中的提篮放到地上，搂住她的双肩把她拉到怀里，将嘴唇合在一起，合了很久。有凉东西碰在嘴唇——抬眼一看，薰哭了。刚一移开嘴唇，她主动拥了过来，旋即发出呜咽。我紧紧抱住她，以免呜咽声给人听见。薰的哭声越来越大，就好像决开堤坝让一直克制的东西一泻而出。我不知如何是好，又不能搭话，只是不停摩挲她的背。一对半老夫妇模样的男女从身旁走过。女的以责难的眼神看我，男的则尽量装出漠不关心的样子。薰无所顾虑地哭个不止。

6　夏天过去

　　暑假快结束的时候,治幸要搬出寄宿的人家。房东的丈夫去世了,夫人要处理掉房子去女儿家住,治幸一个人随心所欲的生活于是划上句号。搬家那天我和薰去帮忙。早川也来了。大概是薰乖觉地打了招呼。虽说是帮忙,其实也就是打扫一下房间。我分工处理扔得乱七八糟的垃圾。望着令人联想到洪水过后又遭蝗虫扑袭场景的治幸房间,我想起暑假看的写毕加索的书。作者在书中指出毕加索工作室的杂乱无章,说无秩序正是毕加索独特的秩序,并且是创作的巨大源泉。初看之下,治幸的房间或许同毕加索的工作室相似。然而其中不存在任何创意,因而无秩序未能同任何创造性行为联系在一起。

　　"事先打好行李就好了。"

　　"突然定下的。"治幸边说边卷起被褥用绳子捆绑,"先把那里的东西全部扔掉再说!"

　　"这样一来,势必资源减少而垃圾增多。"我一面往塑料袋里塞破烂东西一面应道。

　　"根据热力学第二定律,宇宙整体的熵只是一味增大。"治幸煞有介事地说,"所以,无须对我们这一点点空间的熵的增大耿耿于怀。"

　　"整理整顿——我想说的只是这个,不是宇宙规律,是日常性注意事项。"

"说到底，人为什么要注意整理整顿？"治幸压根儿没听进我的话，一屁股坐在用绳子捆起的被褥堆上，犹如在山上垂教的耶稣讲了起来，"那是因为我们想把势不可挡地流向死亡的时间长河多少拦住一些。所谓整理整顿，无非是力图将现在永远冻结起来的欲望的表现。也就是说，是对于未知未来的恐惧和抗拒。可是生存就是要不断吞食现在。其结果，房间一片狼藉。因为生命活动即是将秩序加工成混沌。例如，这里有你的她给的小甜饼。"他把薰自己烤好带来的甜饼袋拿在手里。"这家伙恰恰是秩序。然而我们为了生存必须吃它。那一来会怎么样呢？"他把小甜饼扔进口中忙不迭嚼碎，然后吞下。"这就是混沌，明白？一切概莫能外。我们生存的过程即是把秩序加工成混沌的过程。此乃超越无聊的公共道德的真理。于是，房间零乱不堪。换言之，房间零乱就算是我懒惰造成的，却也不是因为我人格上有缺陷，而完全是自己生存的证据。"

　　得得，房间一角令人忍无可忍地堆着一个自我意识过剩的家伙的生存证据。所有东西一古脑儿堆在那里。果汁和咖啡的空罐、杯状方便面的容器、纸屑、穿旧的衣服、高级或低级杂志……我翻开《GORO》的画页，正在看篠山纪信的系列性大胆裸体照，治幸不失时机地说：

　　"别看那东西，干活！"

　　薰和早川在隔壁"书斋"里把无数本书塞进纸壳箱。我呢，尽管对"首次公开！震撼性裸体"和"青果少女们的性"恋恋不舍，但还是把这些杂志高高摞起捆好："再见，我的烦恼！"其实，这里面自有治幸周密的计划——他让薰和早川装藏书箱，她们装箱过程中势必把一本本拿在手里,看到福永武彦①全集和里尔克②,而让女孩子心想原来治幸君看这么深奥的书。

到了午间,附近小食店送来冷面。大家一齐凑在总算收拾好的二楼房间吃饭。刚吃完,运输公司一对夫妇开来轻型卡车,我们把二楼东西搬到下面装车。以为这么小的卡车一次运不过去,不料按运输公司老板的指示一装,就像事先测量妥当似的正好装了进去。治幸直接跟运输公司夫妇乘上轻型卡车到新住处去了。我和薰把乘电车③回家的早川送到车站,然后返回寄宿人家附近的公共汽车站。因为还有一点时间,打算再去那里看最后一眼,这是两人间的一个默契,对此都有些感伤。

"这房子,往下会怎么样呢?"薰站在房门前仰面看着失去主人的旧木屋说。

"看样子要拆了建新公寓。"

狭窄的小巷里,红脑袋蜻蜓成群地飞来飞去。感觉上仿佛同装有行李的轻型卡车一起离去的治幸把夏天也带走了。尽管才是八月末,但天空已充满秋的气息。

"差不多走吧。"我招呼一声。

薰"嗯"一声,还是不肯离开。

"怎么了?"

她微微摇头。想必她有话要说,就耐着性子等她。一会儿,她以小得几乎听不见的声音说:"这房子,忘不了的。"对视时,她低下头,脸泛起红晕——也许我的心理作用。

---

① 日本小说家,1918～1979。

② Rainer Maria Rilke,1875～1926,德国诗人。

③ 指电气列车。

第三章　1976年　·　冬

1　珊　瑚　色

　　十二月也逼近之后,有几所大学的公开考试。各所大学的申报者一齐参加全国模拟考试,以其结果判别合格率。考试只在县内一个地方——县政府所在地 M 市一所私立高中举行。出题倾向自不用说,就连考试开始时间和考试科目的顺序都和正式考试完全相同。考试时间为两天。前一天下午我就来 M 市一家旅馆住下,傍晚乘市营电车去看考场。那是个乌云低垂的寒冷的日子。高中位于市郊相当偏僻的地段。劈山拓成的地面有个很大的草坪运动场,带着护具的橄榄球队的队员们正在练习抢球和传球。运动场前面的高岗上可以看见崭新的校舍。校舍后面是红土裸露的小山,周围横陈着荒凉的山丘。别说人家,附近连以学生为对象的饮食店都没有。

　　我在这灰暗的风景中想着薰。考试第二天她也到这里来。来的名义是先看一下准备报考的位于 M 市的国立大学。我调整日程,安排用后天下午的半天时间和她约会。随着高考临近,精神上到底没了悠然约会的余地。我报考的学校以我的实力来说难度相当大。这次考试结果很可能使我不得不降低档次。薰已进入安全线。指导升学的老师劝她报考高一档次的大学,但她没有拼搏。想必其中有她父亲想把女儿留在本地的意向。

　　看完考场,在街上吃完饭回到旅馆,再没事情可做了。旅馆是以父亲名字订的互助性设施,服务虽差,但有个宽宽大大的温泉澡堂。趁其他客人不在,我从澡堂这端到那端游了三个往返。之后仔细洗罢头发和身体,在走廊自动售货机买了一罐啤酒。喝完后,实在无事可做了。为明天的考试学一会儿倒未尝不可,但因为最初就已下决心用这两夜三天喘口气,所以一本教科书也没带。无奈,往房间电视里投入硬币打开电源开关。转动频道钮,里面正演播贝多芬的"第九"。似乎刚刚开始,一片混沌的第一乐章进行到正中间。不是多么感兴趣的音乐,演奏也好像不够到位,可是又没有其他有趣的节目,只好开着这个频道。提起"第九",我条件反射地想起"苹果"明星的笑话。大概是"甲壳虫"时代的访谈。采访者问:"喜欢贝多芬吗?"他回答:"不错的啊,尤其歌词……"可爱的"苹果"。

第一乐章结束后,随着定音鼓的一声重击,第二乐章开始了。演奏从木管群用力演奏进行曲般的音乐那里陡然炽烈起来,不由被它吸引进去。定音鼓每次上阵时指挥都用左手发出指示。演奏者随即做出反应,猛击两个定音鼓。弦乐器演奏者们探起上身,眼睛紧张地追逐乐谱。怒涛汹涌的第二乐章刚一落音,绝妙的柔板开始了。到了这里,音乐自然而然沁入身体,硬邦邦的肌肉一块块松弛下来。我深深沉进沙发,闭目合眼沉浸在音乐之中。我知道,全身所有的小块肌肉都随着乐曲微微振颤。特别是终止部开端小号吹响军乐般的旋律、背后出现充满悲怆美的小提琴那里,我感到一阵难以忍受的胸痛。继而,第四乐章开始了。

朋友哟
这不是声音
声音要更加怡然
更加充满欢喜

据治幸说,贝多芬是独自支撑天空重量的阿特拉斯①。人类变聪明之后,就不再相信蓝色的天空了。贝多芬所做的,就是独自一人承受人类的这种无信、"嗨"一声替人类撑起天空——如此说来,倒也可能真是那样。他终生都在持续思索"音乐能做到什么"这一问题。其回答即是第一章至第三章。在这些乐章里,贝多芬做了大凡世间能做的一切。在此他再次自问:音乐能做到什么?什么也做不到。可是,做尽可能做之事的他可以接受什么也做不到这一事实。相对于事实的重量,他可以相信世间不存在的声音。因此他才向全体人类呼唤"来这里发出欢喜的声音!"为什么呢?因为蓝天已重新足以让人相信。以上是治幸一贯见解的重复。

那么,我们头上舒展的蓝天如何呢?能够永远相信我和薰头上的蓝天么?还是说迟早会相信不得呢?届时会出现一个贝多芬那样的人"嗨"一声撑起天空么?我能够成为我自身的贝多芬吗?

考试第一天是英语、语文和数学。英语和语文凑合过关,数学则栽了跟头。我伤心地离开考场,归途中在繁华商业街上的餐馆吃了晚饭。之后走进咖啡馆要了杯咖啡,在里面给薰打电话。

"喂喂。"

"是我。"

"考试怎么样?"

"数学砸了。"

"别放在心上,不过是模拟考试。"

---

① Atlas,希腊神话中的擎天巨人。

"It ain't no use to sit and wonder why, babe."

"现在说的是什么?"

"鲍勃·迪兰的'别放在心上'。"

"对对,就这样。"

"明天十二点在县政府门前。"

"那之前考好些!"

但第二天的物理又失手了。我黯然神伤地走到县政府门前,参观完大学的薰正在等我。

"考试怎么样?"她一看见我就问。

"一塌糊涂。"

"不过是模拟考试。"她说的和昨天一样。

"很可能拉低报考学校的档次。"

"拉低就拉低嘛。"

经薰这么一说,我也觉得"拉低就拉低嘛"。只要和她结婚有个幸福家庭即可。

"去哪里?"

"动物园。"薰说。

"动物园?"我不由反问,"在这死冷死冷的天气?"

"是的,在这死冷死冷的天气!"

2 冬天的动物园

好几天没见太阳了。雪倒是没下,但天空总是低低笼罩着阴云。或许因为没下雪温度反而低。虽是星期天,可是在这样天气的下午没有哪个好事者前来动物园。不用说,园内冷冷清清。几乎所有的大动物都进饲养舍了,爬行类已经冬眠。神气活现的只有白熊和企鹅,驴可怜兮兮地淌着鼻涕。这种日子索性关门岂不更好?

"喂一喂可以的吧?"

"这么冷,饲养员怕也不会巡视。"

薰拾起栏外掉的胡萝卜,朝驴伸去。驴淌着鼻涕吃胡萝卜。我们在园内走来走去想看仍在走动的动物。可是,这种天气在动物园走动的,恐怕只有来回走动要看走动的动物的人。奔波了许久,好歹碰上两头印度大象左一下右一下摇晃着长鼻子来回踱步。想必它们也冷得够呛,在围栏里百无聊赖地来回踱步大概是为了温暖身子。我们在象栏前面的长椅上坐下小憩,从附近自动售货机买来装在纸杯里的咖啡,边喝边观看大象。

"第一次来动物园时没有感到失望什么的?"我蓦然想起小时候的事,"所有动物都一味睡觉吧? 以为死了仔细一看,肚子却在微微起伏。总有一种期待落空的感觉。你没有过?"

"我好像相当满足,"薰说,"就算一动不动躺着睡觉也无所谓,只要看到动物就很幸福。"

"我想你是受了迪斯尼电影的影响,毕竟小时候看得太多了。结果提起象就是那里面表演杂耍的小飞象,提起虎就是"小熊维尼"系列的跳跳虎——这种印象已经形成了。动物园的动物如果不那么动,也觉得好像不是真的。"

"女孩子不要紧的?"薰眯细眼睛问。

"指什么?"

"不觉得不是真的?"

我在长椅上默默搂过薰的身体。

"所以需要时不时这么触摸一下。"

刚要对上嘴唇,她歪过头挪开身体,把纸杯贴在唇上继续看象。但是否真在看象我不得而知。看表情,她似乎在思索某种极为抽象的事,空漠的视线投往象栏。

"没有想过生为动物该有多好?"稍顷,薰问我。

"没有。"我当即回答,"你有?"

"现在也经常想来着。若是大象或狮子是有点儿麻烦,但若生为小鸟或松鼠什么的就蛮好的。"

"我还是人好。不管托生多少回都想生而为人,但愿成为你的恋人。"

薰对我的话没做任何反应,仍如刚才那样用手心捧着纸杯,咖啡热气在她鼻端绕来绕去。她脸色惨白,惟独嘴唇红得反常。

"不走一会儿?"不久,薰提议。

河马似乎泡在水里睡着了,居然淹不死!小时候来时,正碰见饲养员给河马喂食。河马一张开大嘴,里面全是虫牙,而且口中发出一股不得了的恶臭。一起看的妹妹模仿牙刷广告的姿势说:"你要讲点礼貌哟!"一次电视上报道说,几年前长颈鹿连袋子吃了游园的人丢的糕点,结果塑料袋堵在胃里死了。身为动物也不轻松。

我们挑选即使在冷冷清清的动物园里也似乎极少有人走的路走去。旁边出现了猴山、百鸟园等指示牌。儿童游乐场里有攀登架、跷跷板、秋千。到了这一带,让人觉得来到了比动物园还冷清的游园地。孔雀栏里面,雄孔雀为是否开屏而犹豫不决。我拉起薰的手躲进滑台的背后,迅速接了个吻。

"别担心,我是真的。"

"知道知道。"

"怎么了?"

"没什么。"我把她搂得更紧。

"走吧。"她说。

"不是一直在走吗?"

"那,坐吧。"

我终于松开胳膊,还她自由,然后坐在猴山前的长椅上。挖成圆形的大陷坑里面做了个水泥山,山顶正好和我们的眼睛一般高。坑四周围着混凝土墙,坐着只能看见山顶上的猴子。山坡一个洞里边,母猴正给小猴喂奶。母的乳头红红的,犹如嚼完的口香糖软乎乎向下垂着。旁边一个年轻猴子一边顾忌着其他猴子一边剥橘皮。不时有猴子随着一声怪叫气势汹汹从山坡下跑上来。另两只猴围绕一块食物在山间上蹿下跳。

"能说定大学毕业就结婚?"

她踌躇一下说:"好像有点太性急了。"

"不是说想快些离开家的么?"

"那倒是……为什么想那么快结婚呢?"

"因为想朝夕相守。"

"结婚就为这个?"

"不对?"我盯住薰的眼睛。

"不清楚。"她让视线逃去远处。

混凝土围墙里面有一只灰毛猴。在这冬日的天空下,它们显得异常活跃。

"我觉得大家自然而然做的事对于我非常困难。"她自言自语地说。

"想过头了,什么都很难顺利。"

"是啊。"她一边用趾尖划着脚下的沙子一边点头。

我再次抱她。她在我怀里一动不动。世界已彻底冻僵,不闻一丝声息。在脏兮兮的山上无谓地跑来跑去的猴子们仿佛不吉祥的物种。

3　十八岁的无政府主义者

治幸在准备高考期间还从从容容听了《尼伯龙根的指环》①。虽说只考私立大学的文科,只准备英语、语文和社会科目即可,但年初仍有这份从容,多少令人费解。像我这样的,由于年末公开考试的结果已沦为五级评价的 E 级,班主任老师甚至宣判自己"从现状看几乎没有考中的可能性",迫使我做出苦涩的选择:或做好复习一年的心理准备,或为了保险起见降低报考学校的档次。

一月也差不多过去的一天,治幸一晃儿来我家玩。两人都没怎么说话,把"南十字星"乐队一直听到最后,不知听了几十遍。从《禁果》到《阿卡迪亚的漂流木》的 A 面尤为出色。无论每支曲的演奏还是四曲并列时的流势,无不浑然天就。B 面稍差,但也已被《彼此彼此》这支超级名曲所抵消。或者不如说恐怕是为了突出此曲的妙处才故意在 B 面收录了差些的乐曲。唔,可畏可畏,洛维? 罗伯特逊。

听《阿卡迪亚的漂流木》当中,看过歌词卡的治幸说这是在唱割让阿卡迪亚的事。在西班牙继位战争中败北的法国根据乌得勒支条约将一部分美洲殖民地割让给英国,其中包括阿卡迪亚。根据治幸介绍,"南十字星"乐队的这支乐曲讲的即是被从阿卡迪

---

①　Der Ring des Nibelungen,歌剧。瓦格纳作曲编剧。

亚驱逐出来流浪四方的法国人的故事。得得,在英语和世界史方面敌不过他。肚子瘪了,外出吃饭。

"关西的私立大学不是快开考了么?"我在常去的饮食店里边吃血红血红的拿破仑意大利面边问。

"预定一月下旬动身。"他满不在乎地说,"关西首先三战,其后北上东京四战,长达一个月的死路之旅。"

"希望如何?"

"过关时全部过关,落马时统统落马。"

"什么意思?"

"讨厌拖泥带水。"

"可是真为你担心的哟!"

交谈一时中断。这时间里我们吃完意大利面,治幸叫服务生上咖啡。

"今天我请客。"他说。

等咖啡之间,治幸从风衣口袋里掏出一支"七星"点燃。见他目不转睛地盯视手指夹的香烟,我以为他会说"星为七颗乃为单数,何解?"却未说出。

"你去大学准备干什么?"他一本正经地问。

"不去说不清楚啊。"

"以为有比现在好的事情?"

"那也同样,不去不清楚。"

"或许你以为去了大学会得到什么,可是也会因此失去什么。"

我掏出纸巾揩了把鼻涕。我想他有些莫名其妙。那东西不是应在考上大学后考虑的么?就算治幸说的不错,那也是人的成长。中途不可能止步不前或折身返回。所谓成长,就是失去什么而又得到什么。例如四五岁儿童画的画里边有几乎可以视为天才的东西。一根根线条的舒展、自得、生命感表现出天赋之才,不由令人感叹:即使米罗①也未必画得出。可是不出一两年,天才线条便尽皆消失,而开始学习写字。那是无可奈何的事。因为那就是成长。

未几,咖啡端来了。以前两人喝过几次咖啡。想到往下一段时间恐怕一起喝不成了,心里多少有些感伤。

"去大学干什么的云云,我怎么知道,"我说,"连哪个系都没定呢。理科各系我打算大致考一下。不过说实话,系那东西哪个都一样,因为上大学不是目的。我有结婚这个大目标。大学不过是一个跳板。"

"把那东西当作大目标合适么?"治幸表示怀疑。

"没什么不合适吧。"

"不觉得不安?"

"一点儿也不。"

我们隔桌对视三秒。

"最近,乘阿波罗号登月宇航员上电视来着。"治幸转换话题,"他从小就总想到月亮上去,那是他惟一的目标。为实现这个目标而学习而锻炼身体。艰苦的训练也忍受住了。并且去了月亮,儿时开始的愿望实现了,而他三十刚过。往后做什么好呢? 做什么都不可能超过登月。也就是说,他的人生顶峰在三十岁就到来

---

① Joan Miro,1893～1983,西班牙画家。

了,往后只不过是平稳的余生罢了。就好像在甲子园①迎来人生顶峰的高中生。"

"那么断言我看是一种傲慢。"我说。

"他们的事怎么都无所谓。"治幸说,"问题是你。我想,你把同她的结婚看得太重了。现在你的存在只为了同她结婚而全力奉献,而当这个最大并且惟一的目标失去的时候,你又将如何呢?这样的不安没有掠过你的脑际么? 大概没有吧。所以必须由我替你担忧。和她结婚后到底干什么? 如果如愿以偿,你在二十多岁时就会实现一生的美梦。这难道不是一件可怕的事?"

"并不可怕的吧,这个。"我把砂糖和牛奶放进咖啡,边搅拌边说,"和她结婚,并且永远一起生活,一起吃饭,一起听音乐,一起洗澡,一起睡觉。这才是人生的至福,想不出有什么比这更幸福的。"

"了不起。"他不屑地说。

"为什么那么在意别人的事? 你也十八了吧? 十八是成年人的入口,也该多少考虑一下自己才是。"

"谢谢。"治幸笑道。

"真挺为你担心的。"

治幸用拇指和食指捏着咖啡杯柄,十分造作地啜了口咖啡。

"说实话,我是尊敬你的。"

"不尊敬也没关系的哟。"

"当然谈不上尊敬。所谓尊敬,就是把对方当傻瓜。若是被人尊敬可就完蛋了。"

---

① 甲子园球场,位于兵库县西宫市,因日本每年一次的高中棒球联赛在此举行而闻名。

"用一般人也能理解的语言来说可好?"

"人是不能同世界上最喜欢的人在一起的——就是这个意思。"他把咖啡杯放回碟子,愈发说得让人摸不到头脑。

"这个,是谁定下的?"

"自然而然那样。任何人都不可能同自己最喜欢的人在一起的。"

"骗人吧。"

"真的。和你一起生活的,是世界上你第二或第三喜欢的人。"

"我可是一心要和她结婚的。"

"那或许是的。问题是那时候她就成了第二或第三了。"

"骗我。"

"哪里骗你!也可能你爱上现在的她以外的人,和那个人结婚。而那时和你在一起的人就成了第二。"

"你有什么根据说这种往别人兴头上泼冷水的话?"我勉强忍住性子问道。

治幸啜了口咖啡,而后装模作样地咳嗽一声。

"为什么全世界的夫妇都要小孩?原因你可曾想过?"

"那样的疑问却不曾有过。"

"应该有。"他停顿一下,以充满自信的口吻说道,"道理很简单——因为一起生活的对象实际上不是自己最喜欢的人。想想看,既然同最喜欢的人一起生活,那么为什么还必须要孩子?同最喜欢的人之间岂不应该没有别人——哪怕是自己的孩子——插足的余地?既然仅两个人即已彻底充实,那么岂不应该没有第三者加入的缝隙才对?正因为欠缺什么,才要孩子。全世界的孩子都是这样出生的。孩子恰恰是他们结婚乃是失误一事的确凿证据。"

"如果大家结婚都正确无误，人类就毁灭喽？"

"千真万确。"治幸丝毫没有动摇，"那样我们才能成为神，每一个人才能作为个人彻底得以充实。即使人类因此毁灭也无所谓。归根结底，所谓人类云云难道不是不具实体的幻想？那和天国是同一回事。因为人无法满足于自己个人的一生，才要扑在来世和人类等等幻想上面。也就是说，自己未能成为神，从而创造出神以及替代神的幻想。然而那是错误的。我们应该为仅仅属于自己的一生竭尽全力，不应该留下什么，不是么？纵然以孩子这一形式。"

"不大明白啊！"我想就此中止交谈。

"不明白也没关系，必须相信我的话。"

"相信什么？怎么相信？"

"相信我们的祖先迄今为止的所作所为全部是错误的。"他以罕有的亲切语调继续下文，"如果你真心喜欢她就不要结婚。结婚不是为同世界上最喜欢的人在一起设置的场所，而是为同世界上第二或第三喜欢的人在一起准备的地方。如果你想继续喜欢她，那就必须寻找其他场所。找也找不到的时候，就自己动手制造！"

"我所期望的不是自己成为神那种神乎其神的事情，"我啜了一口变凉的咖啡，"而是极平凡的东西，比如同喜欢的人在一起，一起吃饭，一起听音乐……"

"一起洗澡一起睡觉。"

"是的。"

"那无非兜圈子罢了，无非人生的单纯再生产。"

"兜圈子也罢单纯再生产也罢，都无所谓。人就是这样出生、成长、死亡、留下子孙——我无意偏离这种循环。"

"完全令人失望！"治幸仰天轻叹，"你的未来已经看到了。设想未来有什么的现在就是你的未来，去哪里都一个样。"

"那有什么不好？"我有点反败为胜地说，"设想未来有什么的现在就是我的未来，这哪里不好？"

"去哪里都一个样的哟！"他凄然重复一遍。

"一无所有也没关系，我们本来就是从一无所有的地方诞生的。"

治幸颓然摇头。咖啡馆里的音箱中淌出《Silk Degrees》①。悦耳固然悦耳，但没什么意思。不知不觉之间，流行音乐全都变成这么一种味道。

---

① 柏兹·斯卡洛(Boz Scaggs，上个世纪七十年代著名灵魂乐歌手)1976年推出的专辑。作品充满洗炼的都市感，"是上流社会的成年男女享受都市夜生活的音乐"。1994年的美国同名电影译为《豪门情仇》。

4 口香糖

　　进入二月,为准备高考学校放假。我天天去市立图书馆学习。来图书馆学习的成员大体保持不变,多数是同一所高中准备考国立大学理科那伙人。治幸等报考私立大学的差不多开考了,而文科班的学生也基本不来,大概因为话说不拢吧。我们把里面有个大煤炉的房间当客厅使用,闷头处理各大学的试题集和学校发的资料。是个多雪之年,动不动就有积雪。即使下几十年不遇的大雪的日子也走路去图书馆。平时聚集的一伙人中也有几人同样冒雪来图书馆。我们围在火炉四周,伸出脚边烤湿袜子边用功。

　　我决定考完之前不和薰见面。一来有必要适可而止,二来不愿意被别人说什么那家伙色迷心窍没考上。作为替代办法,每天从图书馆打公用电话。

　　"喂喂。"

　　"是我。"

　　"猜想是你。"

　　"做什么呢?"

　　"生物试题集。"

　　"现在穿什么衣服?"

　　"什么也。"

　　"光着?"

"是啊。"

"够色情的。"

"想像一下。"

"想像来呢。"

"其实穿着奶奶做的棉袍。"

以上是她家人不在旁边时的交谈,在时就不能这样。特别是她父亲如果在家,交谈方式整个为之一变。

"喂喂。"

"是我。"

"你好。"

"做什么呢?"

"生物试题集。"

"穿什么衣服?"

"是的,进展顺利。"

"什么?"

"不,没有感冒。"

"你说的什么呀?"

"非常感谢。"

"你父亲在?"

"是的。"

"那,下次再打。"

"再见!"

我一边打电话一边想像薰家里的样子。昏暗的玄关①。旧木

---

① 日式传统民居进门后一般用来脱鞋、换鞋的空间,约两三平方米。

屋的气味。走进玄关有一块老式屏风,拐去右边是一条细长的走廊。电话放在屏风横头的圆桌上。打电话当中不时传来小男孩的说话声,接下去大概是她祖母的声音,又随着一声开门响,传来"我回来了"的女子声音。我想,薰便是在这些声音的包拢中生活。不曾听见她父亲的语声。

如此一来二去,高考开始了。东京的私立大学考完后,我一个人在涩谷和六本木一带行走,走进据说"Happy Ending"松本隆常去的一家咖啡馆。"咕嘟"一口喝干浓浓的咖啡,突然文思泉涌,让一个少女模样的女侍应生拿来圆珠笔和便笺,悠悠然写下《八方来风》的歌词——这就是松本隆。

午饭时间走进意大利面馆。在这里我受到了强烈的文化冲击(culture shock):意面并非局限于肉沙司和那不勒斯风味!这家面馆的食谱密密麻麻地排列着远远超过二十种之多的意面,Carbonara①、Milanaise② 不一而足。无论面馆里的气氛还是吃意面家伙的长相全都令人厌恶。我在心里嘀咕一句"讨厌",一如往常点了那不勒斯风味。然而端上来不是所熟悉的那不勒斯。颜色白得出奇,滑溜溜的。我还是怀念在家乡咖啡馆吃的血红血红的那不勒斯,再次嘀咕一声"讨厌"。

此外也发生了种种样样的事。但不管怎样,试考完了。我较最初志愿降了一个档次,好歹考上了报考的大学。薰也如愿以偿考上 M 市国立大学。从第一批院校高考结束时开始,终于有了春天气象。毕业典礼结束,往下只等上大学的时候,我筹划时间见了薰。

---

① 意大利语。用熏肉、鸡蛋、生奶、黑胡椒等煎炒的意面。

② 意大利语。用西红柿、蘑菇、碎肉等调味做成的米兰风味通心粉。

"想去哪里?"我在碰头的神社院内问她。

"哪里都行。"

一条河从神社下面流过。河西岸是田地,田里开了一层紫云英。其间点缀的稻草如莫奈①的画堆得圆圆的。我们顺着芳草萋萋的田间小路走去。小路旁边有条小溪,水草在清澈的溪水里摇来摆去。

"大学那边什么时候去?"我边走边问。

"还不清楚。估计要四月以后。"

"April come she will."

"什么呀,这?"

"不是'到了四月她将如何'么?"

"西蒙和加丰凯尔。"

沿小路一直前行,田地很快变成桃园,桃园尽头有个水塘。我们绕池塘缓缓移步,走进旁边农用道路。见没有人,两人拉起手。薰的手总那么温暖,我的手凉凉的。一次她说手凉的人心暖。果真那样?路边杂草间笔头菜探头探脑。笔头菜还矮,不注意看,几乎混在草里看不出来。

路渐渐狭窄崎岖起来。霜后杂草仍有冬日遗痕,其间冒芽的新绿浅浅的。杂木林传来黄莺的叫声。身体多少沁出汗的时候,来到能够俯视刚才走过的水塘的地方。暖洋洋的山坡上长着橘子树,树干下铺有稻草,我们在那上面坐下。稻草干干的,早已吸足太阳热量,热乎乎的。我搂过她的肩。薰身上总有一股落叶味儿,我非常喜欢这股味儿。她合上眼睛,薄薄的眼睑微微发颤。

---

① Clande Monet,1840～1926,法国印象派代表性画家。

我们缓缓倒在稻草上。落叶味更强了。一种不可思议的恬适感。薰鼻端的喘息粗重起来。我随着她呼出的气深深吸了口气,撩起她的头发,吻在发际那里。之后沿着下颚边缘雨点似的吻着她的肌肤,一点点下移。十八岁男孩吻十八岁女孩时一般想的什么我不晓得,我在这种时候脑海里浮现的是步行测量海岸线的伊能忠敬①的形象。

薰略略欠身,自己脱掉毛衣。我解开她的衬衫扣解到最下面。薰的衬衫雪白雪白,是极为简洁的那种。我把手绕到后面,她稍微挺起后背,让我把乳罩挂钩摘开。白皙的皮肤红红印着乳罩痕迹。乳头是粉红色的,就好像为沐浴春天温暖的阳光从漫长的冬眠中刚刚醒来。视线相碰,两人都情不自禁地笑了。

我也自己脱去毛衣,解开衬衫扣,连内衣一起卷了上去。然后趴在薰身上,让裸胸和裸胸贴在一起。她嘴唇依然发出好闻的味儿,呼出的气也好唾液也好……我把脸伏在她头发里,大大做了深呼吸。天旋地转般的欣喜袭来。世界流光溢彩,妩媚动人。

意识到时,阳光已黯淡下来。我们坐起身,开始穿衣服。

"穿衬衫时从上面系扣,还是从下面?"

"从上面。怎么?"

"随便问问。今天开始我也那样。"

"这以前从下面?"

"不清楚。"她停下手,现出约略沉思的表情,"忘了,怎么样来着……"

看见薰俯下头去的样子,我舍不得就这样放开她,再次把她

---

① 日本近代地理学家、测量家。

88

搂过来。

"训练不让你忘记纽扣的系法可好?"

"不要紧了。"她稍微扭开脸说,"从上面一个个系下去。"

好歹穿完衣服,她从衬衫胸袋里掏了什么出来。

"不吃口香糖?"

"带的东西好怪的嘛。"

薰少见地穿了一条蓝牛仔裤。她略微盘起腿,仍让刚刚穿上衬衫底襟松垮垮垂在外面,用笨拙的手势剥香口胶的包皮。衬衫是白色的,棉布质地皱得恰到好处。她边剥边把视线投向河谷对面的斜坡。西斜的阳光照射过来,整座山看上去绚丽生辉。我们在的地方由于背对太阳,山正在变阴变暗。我觉得身上发冷,再次把薰抱在怀里。

5　人生诚实而棘手的儿子

　　治幸从所有报考的大学滑落下来,在寄宿的房间里闷声不动。他的全线崩溃是个谜。语文自不必说,英语也比我好,论世界史连阿卡迪亚割让都知晓。虽说学习方法相当偏科,但实力达合格线是绰绰有余的。没准是天罚于他。因为他平日就大肆宣称什么"重视学历的人就像没有广告就无从谈起的商品"。

　　我预定三月末动身,动身前想见他一次,遂去寄宿的地方找他。他搬出站前寄宿人家之后,在离学校很近的地方租了房间。房间位于临街的二楼,从窗口可以看见路上来往的行人和车辆。一路之隔的对面是学校的正门。

　　"的确不是不上不下啊。"我坐在窗台,向下看着路面说,"考了七所,总该有一所通过才是。"

　　窗外安有铁栏杆,檐下吊的衣架上晾着治幸洗的衣物。看样子房间虽不打扫,但衣服还是洗的。

　　"咖啡,喝么?"他把装在纸过滤袋里的咖啡放在矮脚桌上。

　　我从窗台下来,坐在矮脚桌旁,拿起带柄的咖啡杯。房间依旧脏兮兮的,垃圾还是到处成堆。矮脚桌白泛泛落了一层灰,打开的小开本《魔山》扣在桌面上。

　　"感冒躺了一段时间。"他像为脏房间辩护似的说。

　　"高考可是认真对待了?"我啜着咖啡问。

　　"我也算是全力以赴了。"

"难以相信啊!"

"这就是所谓不投缘。"

"往下怎么办?"

"先得退掉这寄宿的房间吧。"

"去补习学校?"

"父母把手续办完了。"他像是说别人似的说,"不过我可能不上大学了。"

"不上大学干什么?"

"不上大学也有很多事可做嘛。"

"做工?"

"如果不得不做的话。"

"工迟早非做不可。"

"现在再想也没用。"说罢,他咕噜一声歪在榻榻米上。

"没有计划性的家伙。"

"你以为在房脊上睡午觉的猫有什么将来计划或宏图?"

"你是猫不成?"

"当然不是猫,但可以像猫一样活着。"

"翻垃圾箱? 一直喵喵叫到投食为止?"

"你光看事物的消极面。"他说,"猫翻垃圾箱或要东西吃,终究不过是他们存在的一方面。你也别老和女孩子胡闹好好观察一下猫如何? 我想你会从猫身上学得不少东西。"

"从女孩子身上学得的东西也不少。"

"又是女人!"他长叹一声,"这世上若是只有男人和女人岂不无聊死了? 要爱一个人,那个人不是男人就是女人。男人爱女人正常,男人爱男人反常。可问题是,什么叫正常? 爱女人的男人正常的家伙有几个？看看他们做的好事好了：生孩子、扩大家族、纠集族党、攻城灭国、男的杀掉女的强奸、挨门逐户放火。不就是弄出个多灾多难的世界吗？难道他们是为了把长枪利剑带给世间而爱女人的么？说起来倒是振振有词。"

"别演戏了！"我说。

"你也同样。"治幸突然把矛头指向我，"没准你认为爱是万能的，可那无非是你头脑混乱而浅薄的证据。说到底，能爱得来的女人一开始就是有限的。你不能爱腰缠万贯之人的女儿，不能爱一贫如洗之人的女儿，不能爱八十岁老太婆，不能爱马赛人①的女儿，不能爱霍顿督人②的女儿。爱是不能超越社会阶级、年龄和文化水准这道障碍的。你们的爱情只是邮购商品目录上的爱情，无非选择有限的商品穿到身上罢了。"

"那样 OK，"我说，"用全副身心爱赋予自己的。"

"了不起。"治幸说。

我手拿咖啡杯倚着窗框往外张望。春光明媚的大街上车来人往。一个骑自行车的半老男人踉踉跄跄横穿路面，领小孩的母亲从我们高中门前走过。与高中一路之隔有个棒球场。放学后常和班上同学一起同其他班进行棒球比赛。一次我们班的主力队员被打伤，作为替补投手上过投球踏板，一连三次把对方击败。肯定是球速太慢，致使对方跟不上节拍——我接二连三想起这些。

"最近见谁了？"我问。

"谁也没见。"他冷冷答道，"不是说了么，感冒得昨天还躺着

---

① Massai，东非尼洛特人的马赛族支系。
② Hottentot，欧洲人对非洲科依桑人的蔑称。

呢。"

"是嘛。"

"再说这地方也没有谁,正常人都上大学去了。"

"别那么悲观。"

"的确不该悲观。"他说,"其实我一点儿也不悲观。看上去悲观,是昨天感冒还躺着的关系。"

窗外可以看见高中的樱花树,花已开了五六分了。从小就讨厌春天——或同喜欢的女孩儿班级两相分开或习惯不来新环境或出荨麻疹。总之春天没好事。即使十八岁的现在,春天也没好事。想来点开心事也来不成。同薰的分离,感觉上就像沉重的惩罚。

第四章　1977 年・春

1　新世界

　　学校新落成的宿舍住不进去,遂在学校附近租了一间三张榻榻米大小的房间。房东是五十岁上下的寡居妇女,一楼住着她的两个女儿,二楼四个房间租给学生。往房间搬进行李的第一个晚上,我躺在榻榻米上开始看斯坦贝克①的《愤怒的葡萄》。从家带来的行李里边,偏巧混进了这两册小开本书。虽说已是四月,但没有火气的房间很冷。其他房间好像还没学生住进来,二楼鸦雀无声。我在静悄悄的房间里把新组装的音响的音量拧到最小听普洛克·哈罗姆(Procol Harum)②《咸狗》(Salty Dog),接着往下看《愤怒的葡萄》。小房间顿时成了俄克拉何马③或哪里的沙漠。世界一片荒凉,一片干燥。感觉上时有随着篝火烤兔的焦肉味儿传来沙尘暴那由远而近的声音。

　　我带了薰三张照片。一张上初中时讨得的旧的黑白照片。她大概才四五岁,身穿薄薄的内衣,脸朝正面坐在帆布椅上。第二张是小学修学旅行时的,白色的半袖衫加颜色鲜艳的裙子。第三张是高中体育运动会上的,穿白色半袖运动衫和深蓝色灯笼裤,正准备参加化装队列。我把它们摆在桌面上,就像看委拉斯开兹④画的"公主马尔加里特像"一样左看右看,边看边给薰写信。

---

　　①　John Ernet Steinbeck,1902～1968,美国小说家。
　　②　由六十年代活跃至今的英国前进摇滚、迷幻摇滚乐队。
　　③　美国州名。
　　④　Piego Rodríguez de silva yvetáquez,1599～1660,西班牙巴罗克美术的代表性画家。

信的内容极其一般,毫无价值可言。从天气写起,写一天干了什么、读了什么、听了什么,写寄宿房间的详细布局、房东,写学生互助会的饭堂、必修和选修的科目、新同学、阴险的英语老师。最后总是写自己多么爱她、多么思念和频繁想起她……写得千变万化排山倒海。其实内容如何或许不是问题,重要的是信送到薰手里,自己接触过的纸她也用手接触,我写的字跳入她的眼睛。信是身体的延伸,是一种迂回通过媒介进行的 Skin Ship①。

大学里的情况明白之后,开始找空闲时间打工。家庭教师和补习学校的老师之类我觉得人际关系复杂,转而频频寻找一两天的体力活干。往建筑工地运建筑材料、搭脚手架、整理仓库、散发各种传单等学生护援会广告板上张贴的工种,只要听课情况允许,我都尽量去干。

特别中意的是卡车司机助手,招人的时候我必定前往。主要活计是装货卸货,然后就坐在助手席上坐到目的地。可以同司机适当闲聊,可以免费由他带去很多很多地方,还能拿到工钱,我觉得占了很大便宜。至于去哪里,不到当天是不知道的。例如卡车装的是办公用品——先去学校卸两把钢椅,接着去污水处理厂卸书架、在医院卸下装病历的文件架,再把办公桌搬上十五楼、把保管贵重物品的保险箱扛上崭新的住宅,最后把电脑箱搬进监狱。如此这般,不谙世事的司机助手一天之内需要跑步参观世间几乎所有的场景,从小学到监狱,从豪宅到污水处理厂。

当卡车司机的人五花八门:有对教育生厌的原高中老师,有离婚自己抚养孩子的主妇,有从暴走族洗手不干的小伙子,甚至

---

① 日造英语。意为通过父母和孩子的肌肤接触对幼儿进行的情操教育。

有艺术家。还有在本地剧团演剧的人,有捏土做饭碗的人、画画的人。演员讲同行里面同性恋者如何之多,陶艺家讲釉里边有粉碎的人骨,画家讲圣诞老人。

"信圣诞老人的吧?"五十光景的画家问。

"不信。"我说。

"要信才行。"

"这……"

"不信圣诞老人,人生岂不索然无味了?"

"你信的?"

"当然!奇怪?"

"好事啊。"

"不是叫你硬信。看样子你和我儿子年龄差不多。我问儿子信不信圣诞老人,他说我是傻瓜。如今的年轻人真叫人失望。"

这漫不经心的交谈之中,触及人生根本的至少有两点:其一,不相信奇迹的人生索然无味;其二,世间所有的儿子都是为让父亲失望而降生的。

2 治幸的信

你上大学和我做一样的事嘛。就是说,现在我也在运输公司打短工。你们也真够离奇的。本来不分离也可以的一对,却故意去两个地方上大学,又为了筹措见恋人的资金而打短工。为何不一开始就不上什么大学而干脆一起生活,那样可以天天见面——不胜其烦地见面——把打工钱用作生活费呢? 看见你们,可以清楚知道这个国家的资本主义是如何运作的。也就是说资本主义是一种弯路、一种媒介,一言以蔽之,纯属浪费。资本主义为了自身的苟延残喘而创办了大学、设置了交通这个媒介、制造了劳动和消费这种浪费。

围绕劳动的教训和神话之类,依我看全是扯蛋。作为劳动代价可以得到的真理根本不存在。就是说,为了生活而不得不劳动尚属有情可原,至于相信并且尊重自己的劳动和他人的劳动云云,统统见鬼去吧! 纵使劳动无论如何都必不可少,在生存上面也全然不起作用,至少在本质性事情上面。这点势必对你说清楚。归根结底,知识分子这东西有一种盲目推崇劳动的倾向。你也好像有此倾向。希望你不要像傻瓜蛋大学老师那样对劳动怀有过大的幻想。对你而言,劳动是为了干那个(这么说不礼貌)为了爱吧? 别做出那么吓人的脸色瞪视我。我只能这么说话,倒是觉得抱歉。总之在劳动上面我坚决支持圣书的见解——所谓劳动,是神对于受夏娃诬骗的亚当偷吃禁果的惩罚。亦即,汝必须终生辛辛苦苦从大地获取食物。

最近,我读了费尔巴哈①一本名叫《基督教的本质》的书。依费尔巴哈的说法,神是我们人的自身投影。人本来是无限的、全能的,而在有1G②引力的地上却只能作为有限的、不完全的存在生活。人亲自把被如此疏离的自己投影于天上,于是产生了神。看来费尔巴哈和我思考的事情相差无几。基督教是人的失败宣言。或许,人在创造出神和国家的时候即已寿终正寝。

我常常觉得人出生时本来是具有成为神的资质的。譬如,小孩子认为自己是无限的全能的对吧? 那不是因为他们幼稚,他们的的确确是神。然而刚一懂事,大人们便一窝蜂向他们提供未来有什么美事这种虚假的希望,教给他们为了未来而牺牲现在那样的活法,致使人成了马而没有成神。看看周围人好了,难道不全是像鼻前悬着胡萝卜奔跑的马那样的家伙? 马任何时候都只能是马。假如我为人父亲(当然绝对拒绝),就对自己的孩子这样说:未来只能变糟,你们趁现在好好寻欢作乐去吧! 大凡诚实人,任凭谁都会这样说……这就是说,世间大半父母是不诚实的,无论对自己还是对孩子。

我的生活信条是这样的:倘现在无所作为,就永远无所作为。谢里曼③那样的家伙最讨厌不过。当下是最有可能性的时候。岂能在什么大学里耗上四年时间! 所谓年纪增加,即意味可能性减

---

① Ludwig Feuerbch,1804～1872,德国唯物主义哲学家,对马克思、恩格斯影响很大。

② G,希腊语 Gaia,地球的重力加速度。$1G=980cm/sec^2$。

③ Heinrich Schliemann,1822～1890,德国考古学家、实业家,曾发现特洛伊遗址。

少而后悔增多，一如热力学第二定律，乃宇宙性真理。如果你真心喜欢她，就该赶快离开什么大学，当即一起生活。这样，你或许才能够同世界上最喜欢的人在一起。我说的你明白吧？总之往后要逐渐变糟。这点已一清二楚。所以，想做的事应该马上做。这样或许可以多少推迟事物的恶化。人们就是在以为未来可能变好的过程中腐烂下去的。有见识的人正一步步变成无聊无谓的大人。笃定如此。

　　写一下现在打的短工吧。上面交待是运输公司，其实是专门运送钢琴的运输公司。三人一组，这里那里往别人家里搬钢琴。若是竖式的，就把肩绳套在左右琴腿上两人搬。公寓如果没电梯，就卸掉窗扇，用起重机吊进去。因为做这种活计，我切实感到日本在住宅设计上没考虑到放置钢琴。狭窄的玄关、狭窄的走廊、狭窄的房间——往公营住宅楼里搬钢琴需要难度极大的技艺。而若问各国的钢琴是不是根据这种特殊住宅情况制作的，那当然不是。无论去世界什么地方，琴键数量都是八十八个。因此，我们势必像猫一样弯身曲体，或横或竖把钢琴搬进去。

　　那个德国作家说重要东西全部由狭小管道通过，男人的精子、自来水笔、火药枪……还要让他把钢琴加进去。我个头大又有力气，所以很受器重。经理常劝我别读补习学校了正式进来干算了。或许那也不坏。我本来就喜欢钢琴嘛。我从三岁时开始学钢琴，终归出于对父母和老师的反抗而不了了之。说起来从拜尔①和哈农②进入钢琴世界恐怕根本上就是错误的。此时此刻我这么想：若从搬钢琴进入，没准可以同钢琴多少相处得好些。

────────────

① Ferdinand Beyer，1803～1863，德国作曲家，所著《拜尔钢琴教程》极有名。
② HANON，一种被普遍采用的钢琴教科书的名称。

反正我的情况就是这样。连休①时来见她吧？有时间也到我这里玩玩。她上的大学位于郊外偏僻地段；我读的补习学校就在市中心，宿舍也不远。不过，你怕是要过门不入的。见到她，替我也问候一声——你给录音的鲍勃·迪兰歌里有这么一句吧？好了，下次再写。

治幸

---

　　①　指节假日集中的五月第一个星期。

3 罗马字母

周末课一上完,我直接跑去车站,跳上夜行十二小时的电气列车。到 M 市时是早上五点。薰来冷清清的月台接我。在这个站下车的只我一人。虽说五月,但早晨的空气凉浸浸的。她穿一件绿色的防寒运动服。

"噢——"

"你好。"她微微一笑。

本想接吻,因剪票口有站务员看着这边,只好作罢。

"你好像瘦了一点?"我边走边问。

"不至于吧。"

天还没亮。去她住处之前,我想在清晨的街上散散步。车站附近有城山。空无人影的公园和网球场上仍亮着白濛濛街灯。我们登上长满青苔的长长的石阶。爬到天守阁,天开始亮了。薰用手帕揩去长椅上的露水,弓身坐下。

"好久没见了。"我又说了一句。

薰轻轻点头,然后终于得以接吻。极长的吻。因为太长了,接吻当中似乎天已大亮。嘴唇分离的时候,觉得四周变得明光光的,两人都有点儿不知所措。我重新打量市容。从小来过几次,但脑袋里没有整个市容的印象。这么看去,到底是县政府所在地,基本东西还是齐全的:棒球场、田径运动场、百货商店、游乐园、动物园……城山四周聚集着高楼大厦,由此往郊外渐渐趋于平展。远处可以看见山脉徐缓的脊线，山脚下有白烟升起。

"学校在哪边？"

"那边。"薰用手指道。

"住处呢？"

"就在学校旁边。"

她手指的方位似乎是郊外田园地带，田和杂木林比人家还多。中间一所灰白色建筑想必就是她的大学了。我再次扫视城山四周。这座城市的某个地方也应该有治幸就读的补习学校。没有告诉他我回来。如他本身所隐约预感的那样，我是打算对治幸住处过而不入的，而要和薰两人有效度过这两天休假。

"肚子空了？"

"空了。"我说，"如果可以，想喝一杯热咖啡。"

一下城山就找到一家一大早开门的咖啡馆，吃了个早间套餐。之后乘开始出动的市营电车去薰的住处。大约摇晃了三十分钟，在"大学前"这个站下来。有一条小商业街，以学生为对象的小餐馆、饮食店和麻将馆一家挨一家。但走不到五分钟，热闹街面中断了。过得一个国营铁路的道口，周围已是田野。到处有毁田建造的廉价公寓。多数是二层楼，北侧是敞开式走廊和门扇，走廊里安放着洗澡用小型煤气热水器。南侧是窗，檐下横拉的绳子上晾着看上去甚是脏污的男用内裤和袜子。

薰住的地方同这些公寓群略异其趣。初看之下，俨然普通民居的橙色屋顶建筑，显然是以不同于脏兮兮的男生的居住者为对象的。建筑物正面有入口，两边有两扇门，门内走廊往左右拐去，分别通向二楼门口。就廉价公寓群来说，已经算是相当宽裕的结构了。薰的房间在二楼右侧。登上混凝土楼梯，她用从防寒衣口袋里掏出的钥匙打开门,扶着门让我先进去。进门后迎面就是四张榻榻米大的厨房兼餐厅,里面是六张榻榻米和室。

薰去厨房沏茶。和室南面有扇很大的窗。拉开窗帘,窗外是一片桑田,初升的太阳照在田上。哪里传来小鸟的叫声。房檐下拉着两条尼龙绳,外侧用浴巾等物小心掩好,内侧晾着内衣裤。我油然涌起奇妙的感慨,对着那些内衣裤注视良久。

"看什么呢?"折回把茶壶放在煤气炉上的薰问。

"啊,没看什么。"

薰用手拍了一下晾晒衣服的底端(就好像沾有我的视线似的),逐个把塑料晾衣架拉去一边,使得不至于从房间里瞧见。和室里用拉去棉被罩的被炉桌代替矮脚桌。我在桌旁坐下,再次环视房间:整洁,但无法释然。一开始我以为是女孩子住的房间的关系,可是哪里也找不到女孩特有的物件。偶人一个也没摆,招贴画一张也没贴,甚至不妨说是在极力排斥女性气氛。稍顷,我意识到原因在于房间收拾过头了。东西并非没有,大致看去也可发现让人觉出生活气息的东西一应俱全:桌子、被炉、彩色组合柜、衣箱。但由于配置得一丝不苟,难免给人一种死板印象。不知道住在这里的人怎样使用这些物品,房间里有人生活的情景无论如何也浮现不出来。感觉上就像刚买回的自来水笔尚未同居住者的躯体配合默契。

"怎么了?"沏茶的薰以诧异的神色问我。

"没什么。"我甩去险些黏住的视线,"我在想,收拾得可真够利索的了。"

"肯定是因为一个人生活。"

"也许。"我啜了口她递过来的茶。

"你不会那样?"薰盯住我的眼睛问。见我不解其意地歪头,她把视线移往窗外继续道:"一个人生活起来,谁也不会说什么的吧?住在家里时,即使别人实际不说什么也有很多人的眼睛,所以自然收拾整齐;但一个人生活,随便自己怎么邋遢,不是么?"

"就那么邋遢?"

"是的,是很邋遢。"她坦率承认,不无羞赧地笑笑,"所以才自己注意,不让房间里乱七八糟的。"

我盖着薰拿出的毛毯来弥补昨晚睡眠不足。本以为只是迷迷糊糊打了个瞌睡,不料睁眼醒来,已是正午了。薰在我身旁以扑在什么上面的姿势睡着。想必累了,发出轻微的睡息。爬出毛巾被时小心不惊醒她,但她觉出动静睁开眼睛。

"弄醒你了?"

"睡得死死的。"

两人说了句前言不搭后语的话,蹩蹩窣窣爬出毛巾被。中午薰煮了个素面,两人吃了。其实吃的差不多是我一个人,她只往嘴里送了几口就匆匆洗草莓。然后做咖啡,一边用仍沁出困意的嘴角啜着,一边琢磨下午的活动。薰照例说想去动物园,但半天怕看不过来,便把动物园移到明天,下午去附近看海,毕竟天气也好。

出得公寓,乘市营电车先到市中心,再乘绕海岸行驶的电车。学校位于市郊,好像去哪里都费时间。电车像分开车流波浪似的慢悠悠行驶。之后我们换乘同市营电车没什么区别的只挂两节车厢的市郊列车。薰茫然望着窗外。我也还没消除昨夜的疲劳。出门一小时后,终于来到能看到海的地方。

瘠薄的沙滩接连伸向前去。没有美丽的海滨、有趣的岩石以及遮蔽阳光的松林。总的说来是煞风景的海岸。水也不怎么漂亮,沙滩上到处有被打上岸的塑料袋和塑料罐。尽管如此,浅水滩仍有许多人赶来,手里拿着铁锹、小铲在享受退潮的乐趣。我们走在水边湿漉漉的沙子上。虽说有人,但也许出于不会有熟人碰上的安全感,我一伸手,薰就大胆把肩膀靠来。我轻轻搂着她的身体行走。

"好像有点发紧。"

"感觉得出?"

"像是累了。"

"这个季节经常这样的。"她说,"身体发懒睡觉不足,肩又酸又紧。"

回顾高中时代,记忆中这个季节薰的身体不曾特别不好。这个时候第一学期期中考试刚刚结束,所以我们每年都到初夏的海岸上来。

"没必要勉强出来的嘛。"我说。

"出来反而好些。在房间里老是胡思乱想。"

"回到公寓我给你揉揉肩。"

"啊,想起来了。"薰发出天真的语声,"痒得很的。一让你揉肩,不是痒就是痛。"她轻轻笑了笑,"你这人揉肩特笨。"

"我不肩酸,搞不清楚。"我再次搂着薰说,"不清楚是穴位还是筋,肯定和失去味觉的人当不好厨师一个样。"

"我可是打算和那种人在一起的哟!"

五月的海面洒满初夏的阳光。浪每次打来,被水冲刷的沙滩便闪闪发光。薰把往远处看的视线投向海面,手轻轻撩起被风吹散的秀发。我拾起一根脚下的木棍,朝海上扔去。木棍像回飞镖一样一圈圈旋转着飞去。放眼对岸,未睡醒似的大海前方出现一座石油化工厂,也许雾霭的关系,油罐和烟囱都灰蒙蒙的,如地气一般晃晃悠悠融入此刻眩目耀眼的阳光之中。

薰走到离水很近的地方,静静注视拍打上来的波浪。每当有稍大些的波浪打来,鞋尖都险些打湿。但她一副满不在乎的样子,仿佛几万年之前就一直站在那里。

"差不多回去吧。"我从背后招呼她。

她用后背表示同意,拾起旁边一支木棒,蹲在水边,开始往沙子上写什么。我定定站在她身后看着。稍顷,发觉她在用罗马字母写我的名字。大写的黑体字,一字一字写得很认真。写罢我的,接着写她自己的。时而用手腕拂一下挡住脸的头发,继续书写沙字。两个名字在沙子上亲密地排列好后,薰终于立起,神情恍惚地看了一会那些字迹,倏然回过头看我,不无腼腆地淡淡一笑。我也随之一笑。之后往沙子上看时,奇怪的是从我们的位置看去,罗马字母已齐刷刷颠倒过来,必须站在水那边才能准确读出。简直就像是为海上的什么人——而不是陆上的人——写的。

4　治幸的信

补习学校的宿舍是五层楼,我在三层。如你所料,房间里依然乱七八糟,在哪里生活都一样。我住不好井井有条的房间,根本住不长久。墙壁和地板的线条笔直、屋角相邻壁与壁形成的直角平面也受用不来,感觉上好像置身于四方的箱子里。四方箱自是不坏,但我总是惶惶不可终日,生怕一下子瘫软下来或变得摇摇晃晃。假如天花板大大向下弯曲摇摇欲坠或窗扇上框像软糖那样开始扭曲变形,那可如何是好? 所以我才通过弄乱房间来让房间提前变得一塌糊涂、变得风雨飘摇,这样才能放心。

若说在这样的环境中干什么,也就是睁眼坐着。的的确确睁着眼睛。三天来一觉也没睡,只是一味坐着。第一天困来着,但第二天脑袋反而清醒起来。进入第三天,身体就像把睡眠那东西忘个精光,一如久病卧床而忘了如何迈步。为什么开始这么做呢? 因为我觉得一天之中睡七八个小时这种生活模式非常不合理。比如说一连三天不合眼而做各种事情之后睡上一天——这样的生活不可以么? 这样,刷牙也可以四天两次即可。至于换睡衣,四天才一次。法国小说里面有这样的人生定义:系衣扣解衣扣。如果采用我开发的生活模式,人生势必变样。

这里的小子们(即宿舍里的那帮人)全都看《大力水手》①、听

---

　　① Popeye the Sailorman,美国卡通杂志中的主人公,吃菠菜后会变得力大无穷。1933年搬上银幕。

"老鹰"(Eagles)。就是说，虽没入大学门槛，但心情上是大学生。我不愿意上大学的原因之一，就在于懒得同这伙小子打交道。他们察觉不到《大力水手》乃 CIA① 的阴谋——打算利用《大力水手》那样的杂志把全日本的青年人变成白痴。什么是加利福尼亚旅馆？从根本上说，加利福尼亚不是美国最反动的州吗？那种地方出来的文化不可能有正经货色。同加利福尼亚的"老鹰"相比，我还是拥护维也纳的古斯塔夫·马拉。

在这里，没有人不为准备高考而牺牲思考。至少我只能这样认为。不，也许为不必思考而准备高考。想必他们上了大学也好工作走上社会也好也同样什么都不思考。十八岁时不思考的人至死都不思考。事情岂不可怕？

因此，我不把补习学校的那伙人放在眼里。或者不如说打算趁早退学了事。至少想从这宿舍脱身。这里同地狱无异。晚上还规定了自习时间，警卫模样的家伙来房间巡视两次。为了什么呢？为了看我睡觉没有。有哪个家伙睡了，就叫醒喝令学习。我当然没睡，倒不是为了他们所说的学习。最近拼命读尼采，给巡视的警卫夸奖一番，叫我继续努力——给警卫夸奖，等于被人小看。

补习学校和宿舍不在同一地方。那里上课要打卡，来时和回去时都要"咔"一声插卡进去。上没上课由此一目了然。出席率不好，马上同父母取得联系。就我来说已经联系了几次。起始，去打工前插一下出席卡。近来这也觉得麻烦，索性作罢。

何苦在这种地方呢？连自己都莫名其妙。大概是想充分受

---

① Central Intelligence Agency 之略，(美国)中央情报局。

用没有自由的生活吧。一半出于好奇心,一半来自自虐心。但另一方面,认为物理上的不自由并非什么大问题也是事实。就是说,一天二十四小时被人监视也好规定严厉也好,在我看来无非是一种游戏罢了。

如此这般,我这边还算一帆风顺,虽说不受人喜欢。马拉的磁带寄去:《大地之歌》和《第九号》。指挥是布鲁诺·瓦尔塔,乐团是维也纳交响乐团。你寄来的"伦敦·朋克"(London Punk)也可以,不过对我来说还是这东西听起来刻骨铭心。反正听听看。

治幸

5 邦尼与克莱德①

按寄宿规定,别说留宿,连让异性进房间都不允许。盥洗室前面贴着用万能墨水大大写成条条的房东的"入居者须知",不想看都要看见。这样一来,薰来玩时就只能住旅馆。而且住的不是爱情旅馆,而是地地道道的正规旅馆。我买来旅行指南册,开始研究可供两人住的旅馆。从几十座旅馆里边挑选合适的。结果,若住普通旅馆的双人床房间或两张床房间,手头的预算只能住两天。薰预定住三天。而住三天,活动开销就令人担心。让她住单人房我回宿舍住也是一个办法,但那样就毫无意义了。

于是,我考虑以下办法:首先物色服务台尽可能拥挤嘈杂的旅馆,最好是服务台所在楼层或最上层有餐馆或酒吧、从氛围上看外面人可以自由出入的那种。泰然自若地出现在那里,一个人去服务台要一个单人房间。此人办住宿手续时间里,另一个人潜入宾馆内在卫生间或哪里等着。男方在服务台住宿登记簿胡乱写上住址和姓名,接过房间钥匙,大摇大摆朝女方等待的地方走去。这样,就可以用单人房租金一起住两个人。只要不怕窄就行,反正床只需要一张。

"好像蛮有趣。"听了我的计划,薰两眼放光。

"这可顾不上有趣无趣。"我严肃地叮嘱,"你的任务尤其重

---

① Bonnie and Clyde,美国电影中的男女主人公名。后来成为不良少年的代名词。

要,务必小心从事。战战兢兢、东张西望或有可疑动作都不行。要做出旅馆客人的神气,若无其事堂堂正正,明白?"

但是,一旦实践起来,出问题的倒是我这方面。登记时差点儿写出真实住址,加之对薰放心不下而斜眼四下打量,以致给服务台人员问了一句"您怎么了",吓出一身冷汗。好歹办完手续,接过钥匙等电梯时,薰不知从哪里冒了出来,以无懈可击的演技装成与我素不相识之人,若无其事走进同一部电梯。

"不认为我干得好吗?"她似乎在问自己的演技。

"你去抢银行都成。"我说。

"邦尼与克莱德。"

得得,得以确保一夜住宿的邦尼与克莱德正坐在刚刚到手的床头四目对视。和电影不同,我这个克莱德即使不算精力过剩,在性欲方面也是旺盛的,渴望马上得到邦尼的肉体。可是她冷淡地说了句"等等",一转身独自进了浴室。

我倒在床上,倾听浴室传来的淋浴声。突然,我涌起一股几乎把胸口胀裂的幸福。幸福感实在太强了,收纳它的身体似乎变得不知所措。为了冲淡亢奋的心情,我开始查看房间。写东西用的桌子的小抽屉里装着圣经,随便翻开一页,是"传道书"开头部分,因海明威而有名的那句话就在上面:"日升,日落,匆匆奔向那里,又从那里升起。"看海明威小说的时候也打开看过这个地方。记得当时读得"河皆入海而海不溢,河永远流往河口"这两句不由目瞪口呆:这么理所当然的事居然说得如此煞有介事!但此刻同一地方则让我感到意味深长。或许,幸福感反而使人变得虔诚。

抱薰的过程中这种虔诚的心情仍在持续。我的态度比以往谦恭,而且充满对于对方的慈爱之情。脑海里回响着《传道书》的一节:"曾经有过的事,应该还会有;曾经做过的事,应该还会做。天空之下大概没有新鲜事。"是的,我们从几万年前就一直这么果敢这么谦恭地做爱。而我们的子孙仍将这么果敢这么谦恭地持之以恒。我们都将年老死去。迟早有一天没有任何人记得我和薰两人。可是那又如何?"前世之事不被记得,后世之事也不会被后后世记得。"事情就是这样。人生且死。一切都将随河流一起被投入遗忘的深渊,海因之不溢。

旅馆浴衣只有一件,我穿上走出房间,在走廊尽头排列的自动售货机买了易拉罐啤酒。薰身穿自己带来的睡衣在床上盘腿坐着。我们边喝啤酒边投币看电视。没有好看的节目,只好看棒球比赛、历史剧、问答节目和教育节目,每五分钟换一次频道。

"喜欢做爱?"薰唐突地问。

"你问的什么呀!"

"老实回答。"

"做爱本身喜欢不喜欢我不清楚,因为没和别人做过这等事。只拿出这一行为问很难回答。但同你抱在一起接吻等等我是喜欢的。"我以为这是优等生式的回答。

"也想和别的女人做这种事的吧?"

"不想。"我说,"想像都无法想像。"

"当真?"

"当然!"

"希望你讲定。"

"讲定什么?"

"讲定不和我以外的女人做这种事。"

"一言为定。"我当即应道,"说谎吞一千根针。"

薰久久闭目合眼,仿佛反刍我的回答。眼睛闭得似乎将眸子深深转向自己的内心。我心惊胆战,生怕她说出"不予受理"。但她什么也没说。后来睁眼注视我,似乎在说她根本不认识我或者以前见过一次却怎么也想不起名字——便是这样一种注视。

"谢谢。"她终于说道,"我想你肯定这样说的。"

薰主动伸过嘴唇要求接吻。

"刚才的约定忘记也可以的。"她移开嘴唇说,"只希望你那么说一句。我希望的只是话语,不是要你一定履行誓约。"她不无调皮地笑笑。

那天夜里,梦中我听见她哭泣。有谁在身旁抽咽。较之声音,更像是喘息。恍惚中我觉得那是一种拼命抑制悲伤的、没有活气的哭泣。而下一瞬间蓦然苏醒过来翻身一看,原来是薰背贴着我哭泣。为什么哭呢? 原因我没问。我觉得那是不能问的,问也很难得到回答。我只是从后面紧紧抱着她的身体。薰既不亢奋又不平息,始终以同一方式哭泣不止。哭得那样孤独,甚至让人觉得她几乎忘记了我的存在。

第二天早上醒来时和平时没什么两样。薰没有特别消沉,也没有掩饰什么的样子。我也没触及昨晚的事。两人都缄口通过之后,我觉得那是异常真实的梦。梦中女子哭泣,醒来后身旁真有女子哭泣——便是这样的梦。而当世界变得明亮、一天开始运转之后,我甚至忘了她昨夜的哭泣。

先去附近餐馆吃早餐是走出宾馆后的第一项安排。之后把东西放进投币式保管箱,到动物园、美术馆和海边去。因为对寄宿人家的房东阿姨说外出旅行三天,所以我也有一旅行袋东西。傍晚,稍早一些在说得过去的餐馆或小饮食店吃晚饭。之后再次进行邦尼与克莱德游戏。但我担心连续使用同一宾馆会被人怀疑，事先早已做了调查，准备好了三天住的宾馆。第二天、第三天逐渐驾轻就熟，对此我自己都像有些惶恐。

大概选择同一档次宾馆的关系，房间都大同小异。放下东西，薰先去淋浴。那时间里我一边看从第一天住的宾馆悄悄带走的圣书，一边沉浸在幸福的片刻中。自从偶尔翻开那页以来，我彻底成了《传道书》迷。这里没有新约圣书那种煞有介事的说教。莫如说更接近"诸行无常"和"悯物生情"等佛教思想，让人得以怀有亲近感。既然一切是"空"，那么至少应在今世行乐这一想法也使我产生共鸣。例如有这样一段："于是我赞美快乐。因为在神所允许的岁月之间，对人来说除了吃喝玩乐、除了辛苦中伴有的快乐，天底下再没有更好的事。"

大致做了避孕准备，但一来把握不好戴的火候，二来戴上后觉得多少削弱快感，一般都射在外面。但有一次在幸福的顶峰忘乎所以，心想受孕就受孕好了，那也是命运，就射在了薰的体内。射之前看了《传道书》，"时候与偶然支配一切。实际上人不知其时，犹如落入不幸之网的鱼，又如误入圈套的鸟，及至坏时候突然来临，人即刻毁灭。"——或许因为这几句话仍然留在脑袋里，而在它与自己的行为之间寻求下意识的契合。

大概由于我虔诚的关系，薰也基本没有出声，像依附在什么上面似的闭着眼睛。忽然，忘记关掉的电视机为一个本垒打狂喊乱叫起来，我一惊中止了动作。可是，在薰静谧的表情面前，那没有品位的讲解员的怪叫也冷冷远去。我再次动时，听起来仿佛隔壁透来的响动。相互也没有交谈，我怔怔地想：薰在思索什么呢？想着想着，觉得自己也融入薰的意念之中。意念的表面不时豁然裂开,得以客观注视两个裸体。这种时候我就不由自主地测试薰的脂肪厚度。几个月来,她侧腹似乎有些瘦削了,多少变得苗条了。不料手放在乳房和臀部时,这些部位又好像反倒丰腴起来。本想进一步勘察,却又担心薰责怪自己得寸进尺,遂就此打住。总之她大概正处于作为女性日益成熟的阶段吧。

很快到了第三天早上。我们仍在咖啡馆吃了早间套餐。今天中午薰回去。也许这个关系,两人话说得更少了。她手拿咖啡杯怅然望着窗外。窗外就是路,穿衬衫的男子们在太阳照得白亮亮的路面往来行走。

"又要分别一段时间了。"薰盯着自己的咖啡杯说。"分别"两个字仿佛意味永远的别离,一把揪住的心。

"再一起待一天吧。"我想都没这么想过,却一下子脱口而出,"住我寄宿那里好了,也好看看房间。"

"住得下?"她不安地问。

"不要紧,包在我身上。"

实际上并非不要紧。宿舍禁止女人进入,犯禁的罪人将被枪毙。况且明天是星期一,有两个必修课。手头的钱也到底了。可那又有什么呢!我们有《传道书》。书上曰:人世终归是"空",对于我们人,除了在劳苦中寻找快乐别无善事。

上午逛街消磨时间。吃罢午饭,我先自己返回宿舍,向房东打招呼说回来了。二楼有四个房间,从玄关那边开始,分别为A、B、C、D。我的房间是C。据从房东口里听来的情报,B室里的人利用开学纪念日和星期六星期日回家去了,D室的好像去参加网球部集训。A室的是个阴郁的学生,参加一个名叫吉他多重奏的甚是阴郁的俱乐部,在房间里几乎总弹吉他。因此我领女人进来也好怎么也好,他根本不会注意。我先把自己的东西放到房间,然后找时机把薰领进来。气氛就像同班同学顺便来玩似的,轻轻松松。长达三天的宾馆生活使得两人已不把这点事放在眼里了。

顺利潜入房间后,马上放听唱片。这个季节有几张必听的唱片:保罗·麦卡特尼的《RAM》、杰夫·贝克(Jeff Beck Group)的《粗略与完备》(Rough And Ready)、The Band 的《月亮狗》(Moodog Matinee)①。都是令人感到夏日到来的精彩音乐。我边听唱片边用电热瓶烧水,用从家里带来的咖啡壶倒入咖啡。咖啡杯只有一个,一人一口轮着喝。

“晚上在 Seven Eleven 便利店再买一个。”

“这里不能自己做饭吧?”薰四下打量房间问。

“有火的东西不能用,取暖也只许用电被炉。当然这个房间也用不着火炉。”

“不有点儿太窄了?”

“一个人住,还是这样心里踏实。”

日落之前,我们一直靠着南窗听唱片。六月的天空蓝得透明,阳光暖暖的。

天暗下来以后,去外面吃晚饭。薰说她想去学校食堂。我忠告她那里常有很难认为是人吃的东西摆上来,她说无论如何都想吃。从寄宿的地方去学校走路才五分钟。食堂门口,一个头戴安全帽脸蒙毛巾的学生在发传单。企图把学生会馆置于学校管理之下的校方和坚持由自治会继续管理的学生方相持不下。校方

---

① 　原名 Louis Thomas Hardin(哈定),1916~1999,16 岁失明。美国著名前卫音乐家。The Band 是上个世纪六七十年代一支重要的加拿大民谣摇滚、乡村摇滚乐队。

以修缮为名逼迫自治会交出来,予以反对的一派用路障封锁学生会馆在里面坚守。有传闻说校方不久将投入机动队。

星期天的学生食堂冷冷清清。没有人想在这样的地方吃连休最后的晚餐。桌子脏,灯光暗。如果不是陪薰,我大概用碗仔面对付一顿。

"气氛够森严的了。"薰抓起桌面上散乱扔着的传单说道。传单上写着"死守会馆!""粉碎产学协同体制!"之类。

"是啊!"我一边归拢传单一边淡淡附和。

"好像不大喜欢的嘛,对那些人。"

"没有兴趣,同对股票和汇率没有兴趣一个样。大学何去何从,腐败也好进步也好,怎么都无所谓,真的。毕竟才四年。四年一过就道声再见,和你结婚。"

吃学生食堂套餐的诀窍,就是不停顿地把饭菜大酱汤投入口中,不给舌头以感觉味道的空闲。最后灌进变冷的粗茶,在不知晓吃了什么的时间里肚子就满了。岂料,薰简直像品尝有毒无毒似的一点一点戳着盘子上的菜。这样一来,能吃的东西都不能吃了。最终,她差不多全部剩下。

走出食堂,路上买了点东西就回住处了。夜里两人边听唱片边喝买来的葡萄酒。到了睡觉时间,我从下面的盥洗室提水上来,让她用来刷牙。我对她说,盥洗室位于一楼通往房东居住区的房门旁边,而玄关只有一个,房东一家都从房门出入。在那样的地方慢慢刷牙,被发现的危险性很大。

"上厕所怎么办?"薰用杯子舀洗脸盆里的水问。

"我在下面刷牙时给你暗号,你就悄悄从楼梯下来。离开时再给暗号,你就迅速上楼梯回房间。"

"活像安妮日记①。"

所幸,薰的潜入未被发觉,我们得以在小房间平安度过一夜。关上木板套窗,关灯钻进被窝,四下万籁俱寂。从 A 室低低传来吉他声。薰告诉我是拉威尔的《献给已故女王的孔雀舞》。一曲弹罢,她在被窝里轻轻拍手。

---

① Frank Anne,1929～1945,二战期间作为犹太人遭受纳粹迫害的荷兰少女,所撰《安妮日记》详细记述了她遭受迫害的过程。

6 治幸的信

　　好一段时间没写信了,抱歉。因为近来给搬家闹得黑天昏地。看信封我想你就注意到了,我离开了宿舍。现在的住处是六张榻榻米大小的单间公寓,房间一角带个小厨房。采光不好,反正白天不在。还有一点,从这个月开始家里不寄钱了。不去上课,理所当然。不想因为这个抱怨父母,倒不如说这样更好——不上课而只拿父母汇款,总有点儿觉得是在欺骗父母,心里不是滋味。而且,虽说是父母的钱,让补习学校赚去也还是令人不快。我想让父母把自己的钱用得更有意义一些。总之,现在名副其实地自由了。往后谁也不靠,打算自己养活自己。

　　要想自由就必须孤独。孤独未必可以说成不幸状态。更难忍受的,莫如说是必须和某种人共同生活。例如父母,没有办法同他们一起生活。你也知道,我从初中三年级的时候就开始寄宿生活。高中也没能从家里上学。可是我无论如何也同父母生活不来。不晓得为什么。因为并非有特殊缘由。只是不知不觉之间父母成了我在世界上最讨厌的人。

　　一个月前的事了,我回了一次家,只待了一天。因为这次的事(指高考全线崩溃又在补习学校逃课),对父母我总有些感到愧疚,或者说有点觉得他们可怜。所以我想偶尔回去一下让他们看看自己其实很精神——想的是很好。但我错了。我无法和他们一起吃饭,他们那阴森森的交谈让我听不下去。我的父母在儿子出问题后不直接跟我说，尽管本人就在那里，而用一种好像议论某个不在场的人那种语气说话：

——治幸到底想的什么呀？

——那孩子自有那孩子的想法嘛。

——不明白啊！让他生活得无忧无虑，还有什么可不满的呢！

——因为时代和我们那时候不一样了。

——时代再不一样，努力的人也必定得到报偿，不是吗？

——是倒是……

——脑袋也不差。只要有心思干，什么都干得来。可是那家伙专门琢磨如何毁掉自己的前程。只能认为是存心跟我过不去。

——今晚就别说这个了，好不容易吃一次开心饭。

想像一下好了，我可就在他们鼻子底下吃饭的哟！开心饭听了岂不目瞪口呆？家庭这东西十足是精神病的温床。在家庭中长大的孩子没得精神病可谓奇迹。毕竟家庭必然伴随纠葛，是吧？这样的纠葛，准确说来将作为创伤反映在小孩的心灵里。而要医治它的父母行为又产生新的纠葛——永无尽头的恶性循环。现在的孩子或染发或对父母使用暴力，勉勉强强得以避免精神病。正如我通过弄乱房间来逃离精神危机。对人类来说，家庭有可能比核战争更可怕。为了将人类从毁灭中拯救出来，我认为只能在地球上取消家庭。如何？

或者说你也是试图将人类引向毁灭之人中的一个？也是试图构筑幸福家庭那种令人毛骨悚然的东西从而生产出怀有精神危机子女之人中的一个？也是试图参加生儿育女——培养在跨越几多危机或跨越失败当中成为大人的孩子——这种俗不可耐

的游戏之人中的一个？我可是不感兴趣。不是开玩笑。若生孩子，那家伙绝对像我。那样一来，我就被逼到和父亲同样的窘境。噩梦！最好自杀。

说到底结婚想干什么？很难相信婚姻。和他人一起吃饭、和他人在一个房间睡觉，甚至一起洗澡——这就是婚姻吧？偶一为之还可以，偶尔一起吃饭、一起睡觉未尝不可。可是天天如此我恐怕就忍受不了。不是么，想一人独处时怎么办？进厕所不成？美国有句谚语说不拉屎快从马桶下来，意思说别无功作业。和这个两回事？抱歉。

对了，我现在学开车。补习学校也不念了，为了将来还是把驾驶证什么的拿下来为好。就算继续干运输，有了驾驶证工资也多些。开车我不讨厌，不如说是喜欢做的事之一。在车里面心里安然。人们说驾驶技术学校的教官脾气糟，真的？至少教我的家伙没那么糟。一个五十上下的汉子，这家伙的爱好是热气球。就是往大大的塑料袋里灌满热气飘上天去的那玩意儿。得得！那可是驾驶学校的教官哟！每个星期天都用热气球忽忽悠悠升空，不认为绝对反常？不过热气球那东西倒不坏。一个不坏的异想天开。

暑假前应该可以拿到驾驶证。不一起旅行去？买车的钱也开始攒了。一开始二手车也就可以了。开那家伙到处转上一星期或十来天。晚上可以在车上睡，也可以带帐篷去，毕竟是夏天。能做简单饭菜的炊具也准备妥当。关键是不能有计划。几日去哪里看什么啦等等，见鬼去吧！那种名堂单单修学旅行就足够了。反正要抛开地图，这个再重要不过。说到底你以为地图上写的什么？不就是学校教科书那类东西么？实质性东西什么也没写。所以抛开地图。以当时的心情和直觉选择路线,或靠风的感触和空气的味道选择。无论去哪个城市,人和生活习惯都大同小异是这个国家的缺陷。不过换个方法,来一次真正的旅行我想也是可能的。为此就要抛开地图,要无计划,要轻装简行。你也想想看。

治幸

7 日升、日落……

并非没有征兆。事后想来,应该注意的事有好几桩,但都作为一时性的东西和自己擦身而过。疑点每次只是一个孤立的点,而没有相互关联、相互结合。现在回过头看,觉得当时似乎是孤立的点的东西带着曲线联系在一起。如果我是个细心些的观察者,是应该可以看出线条走向的。

身体不适是开春以来一直持续的倾向。四肢酸懒、食欲不振、肩部僵硬。她分析道,大概是离开父母开始独自生活和不得不适应新环境给她的身体带来了变异。不料,快放暑假的时候一点儿东西也吃不下了。强吃就吐,不久月经也停止了,超过预定日期十多天也不来。她似乎认为这不正常。我听了也认为不正常。因为《传道书》而射在了她体内一次。从时间上看也完全可以认为当时怀孕了。

"反正去医院看看再说。"薰的语声意外冷静。

"一个人不要紧?"我在电话里一阵紧张。

"有一点点怕。"

"我过去?"

"不用,别来。"

"怀孕了我马上飞去。"

"飞来又怎么样呢?"

"商量往后的事。"

"堕胎的吧?"

"不知道。觉得生下也未尝不可。"

难堪的沉默持续有顷。

"反正先查查吧。"最后薰果断地说了一句,挂断电话。

检查结果不是怀孕。但没有食欲和吃了就吐这种症状仍在持续。身体急剧消瘦,手脚浮肿。最后爬一般到她就读的学校医院看病。由于衰弱得太厉害了,马上打点滴。体重差不多降至三十公斤。做了检查,但依然查不出原因。内科医生怀疑是心因性病症,转到同一医院的精神科。在那里也做了一通检查,还是没发现有异常。姑且和本人订了治疗合同,再次住院治疗。

看罢简单写了事情经过的信,我开始清理这几年来和薰相处的回忆。结果意识到看样子快活健康的她的身边好像已有一个身心俱病的薰宛如她本身的影子站着不动。我闭上眼睛,让她的各种形象浮上脑海:走路的她、站住细看什么的她、回头倏然寻找我的她、欢笑的她生气的她傲气的她侧头的她……但哪一个都很快融入淡淡的光照,最后剩下的只有一个在厨房一角难受地缩起双肩瑟瑟颤抖着强忍呕吐的她。

第五章　1977年·夏

1 拥 抱 她

在问询台打听精神科,对方告诉我沿走廊右拐,按指示牌往东病房方向走,在那边再问一次。"精神科、精神科"——老是这么问毕竟让人自卑,于是我依照天花板垂下的指示牌穿过狭窄的走廊,再穿过安全出口那样的铁门,看情形到了我要找的地方。在护士休息室讲出薰的姓名申请会面,护士只简单问一下我的来历,告以病房号码。护士并不跟到病房。我有点儿失望,沿着凉飕飕的油漆布地板走廊前行。病房很快找到了,门上挂一个潦草写着薰的姓名的牌子。

从半开的门缝伸进脑袋招呼一声"你好",有女子声音回应,让我进去。一进门,当即同床上的薰视线相碰。看到她鼻端插有透明胶管,知道她到底病了。薰一如往常不无羞赧地微微一笑。我轻轻点头,朝床头一位女性看了一眼。我低下头自我介绍,女性说:"薰的母亲,薰经常承您关照。"如薰所说,人很漂亮,略瘦,头发优美地卷起,年龄四十左右吧。

和薰的母亲几乎没怎么交谈,聊了一会儿日常话,之后她乖觉地离开房间。我重新看薰:由于头发剪短,看上去像个男孩儿。本来就白的脸愈发白了。同上次见面时相比,脸颊瘦得判若两人。

"不吃东西?"我移身坐在她母亲刚才坐的床边椅子上。

"不是想吃而忍着不吃,"薰辩解似的说,"想吃也吃不下去。什么都不想吃,找不到想吃的东西。"最后她换上了投诉般的语气。

"不过看样子蛮精神的,我就放心了。"我情不自禁移开视线说,"以为你瘦得皮包骨了呢。"

"住院时就已经这样了,体重不到三十公斤。但由于点滴和从鼻子进食,估计现在有三十五公斤了。"

"从口中也吃的?"

"嗯,一点点。不是普通食物,叫溃疡食,一种软一些的东西。不过一般都吃流食。"

"好吃?"

"不知道滋味。"薰浅浅地一笑,"听说再能吃下一点儿,就把鼻管拿掉,换成用嘴吃的饭食,不足部分用高卡路里营养剂补充。可我怎么也咽不下营养剂。"

"所以插管子?"

"让你看见这么一副样子,够难为情的。"

"挺好玩的嘛,像电子人。"

薰蹙起眉头想了一会儿,终于放松表情。看来,无聊玩笑到达她那里需要光在星星之间旅行那样的时间。

"有个目标体重,"她说,"和医生商定的,我是四十公斤。"

"达标有奖?"

"可以在医院到处走来走去。"

"现在不行?"

"只能在床上躺着,必须安静。动来动去消耗体能有危险,医生说。"

"也就是收紧银根。"

"一天勉强有一千卡路里。"

"少?"

"医生说维持普通生活需要两千卡路里。一千卡路里相当于一岁婴儿。"

"一天天躺着无聊吧？又没有电视……"

"因为这里是精神科。"薰说。见我歪头把握不了意思，她又说："带线的东西不行。防止自杀。"

看枕边的收放机，果然没有线拉出。磁带堆在上面，几乎都是高中毕业后我送的。

"下次来时带新磁带给你。"

"谢谢。不过这以前你给的磁带，真的很中意，听了好几十遍了。"说罢，薰闭一会儿眼睛，似乎在调整呼吸。

我从椅子起身站在窗边。同对面楼之间有一小块院子。还沿建筑物做了一个整整齐齐的花坛。也许是开放式住院楼的关系，和普通病房没什么不同。既没铁格窗又没铁门。想逃跑什么时候都逃得成。目中所见，强制性的东西一概没有。我再次心想：这里不是监狱，而是医院。

听得有人叫我的名字，回头一看，薰从床上扭着身体往这边看。

"到这边来。"她小声说。

我正要问她"这边"是哪边，转念想对她来说只有这里。在我犹犹豫豫凑往床边时间里，薰目不转睛地看着我这边。我撩开夏令薄被拉起她的手腕。手腕很细，手掌一摸可以清晰感觉出骨形。我双手伸到腋下，缓缓抱过她上半身。薰睁着眼睛一动不动。凑近嘴唇，她也撅起嘴唇相迎。鼻子插的管子碰在脸上，好歹贴上她的嘴唇——没有弹力的、纸一般的嘴唇，已不再有我喜欢的落叶味，药味中略带口臭。

"感觉很好。"嘴唇离开后薰以沉醉的声音说，"这样，就觉得是在活着。"

"当然活着,还用说!"我语气不由激动起来。

"嗯,是啊。"她似乎有些违心地附和道,"有时候弄不清楚的。"

好半天我们就那样抱在一起。我差不多整个身子压在床上,因此房间有人进来都没觉察到。"啊、做的什么呀!"——听得有人失声喊叫,吓得我心脏几乎从口中跳出。我懊恼地往后一看,见一个涂着鲜红嘴唇的年轻女子正以游移不定的眼神看着我们。

"这就告诉护士去!"女子的声音由喊叫而充满憎恶,眼珠骨碌碌到处打量。

我们自然而然离开身体。薰也没有特别气恼的样子,沉着地注视女子的动向。不久,从走廊对面传来斥责小孩子般的护士语声——"中村,又干坏事去了!"旋即,女子看也不看我们一眼飞身跑出房间。让我觉得似乎是一瞬间的眼睛错觉,又好像是在做梦。

"那人叫中村。"薰像是坦白自家人丢人事似的低下头说。

"好像。"我尽可能淡然处之,不想继续追究。

"她有偷东西的毛病。"薰以格外执著的语气说,"和我不同,她是暴饮暴食性呕吐,贵重物品全都和食物直接联系起来。吃饭时甚至把其他患者那份也吃掉。我是不吃的,一开始就被她盯上。所以医生提醒我们别在房间里放吃的东西。现在倒是不放了,但她还是那么跑来。"说到最后,薰的语气已超然于厌恶之外。

薰以没有感情色彩的眼睛盯视"中村"离去的门口。我正琢磨说点什么,她母亲不无顾忌地折回房间。于是薰少见地换上女儿对母亲说话那种语调,说"中村又来了",看样子两人随即讲了一会儿中村。

2 劳动与时光

治幸的住所位于市中心一条窄小杂乱的小巷。从市营电车站沿大街步行一段路,在加油站那里拐去行人稀少的路面再走五十米左右,有一个围着铁丝网的小公园。从公园旁边进入小巷,尽头处就是他住的公寓,是一座镀锌铁皮覆顶的双层建筑。他告诉我,他的房间是一楼尽头第二个。沿垂着光线昏暗的电灯泡的走廊前行,发现廉价三合板门扇的外面胡乱脱放着几双鞋,其中几只有印象。我依其指示伸手往电表上面摸了摸,找到房间钥匙,开门进去。六张榻榻米大的房间暗得即使白天也得开灯。打开迎门墙壁上惟一的窗扇一看,五十厘米前面就是相邻的公寓。其间有一堵混凝土预制块围墙,墙上一只猫正往这边看着。打舌响一叫,顺墙去了哪里。窗口下安一个小厨台,煤气炉也有,看来可以做简单的饭菜。但治幸旧习不改,厨台上被吃过的浇汁饭的碗、盘和筷子弄得一塌糊涂惨不忍睹。他没有吃完洗碗的观念。他的做法是吃饭前按需刷洗。

房间有一套桌椅,此外没有任何堪称家具的东西。数量相当不少的书沿走廊一侧墙壁杂乱地堆着。大小也没考虑,只是兴之所至地堆在一起,因此书堆很多地方崩溃了,如岩浆一般涌向房间正中。其周围乱七八糟扔着甩下的衣服、报纸、杂志、盒式磁带、便笺等等。他没有往房间里放垃圾箱的习惯,纸屑扔得到处都是,以致榻榻米上面犹如庙会过后的参道一样脏得不堪入目。

到底在哪里铺被褥呢？有免疫力的他倒也罢了，一般人岂不生病了——我切实为自己担忧起来。

到天黑还有时间。在电话中他告诉我由于白天在运输公司打工，回来一般都要七点左右。反正先扫一下房间等他回来就是。来这里的路上我忽然想起，买了一个便宜睡袋。《白鲸》中的伊什梅尔在旅馆落到和渔叉手奎库格睡在一张床上的地步，而我绝对不愿意用和那个人同样的被褥睡觉。问题是铺完治幸的被褥之后能否剩有放我睡袋的空间。最坏的情况只能在厨台附近的地板①上睡。不管怎样，得让房间恢复空间再说。

我先洗在厨台到处堆着的落了一层灰的餐具。然后把随手扔的衣服塞进塑料袋，拿去附近投币式自动洗衣店扔进洗衣机。榻榻米上散乱的纸屑也归拢塞到塑料袋里去。书按大小堆成一米来高。单单这样收拾一下，房间看上去也宽敞不少。便笺和笔记本之类摞在书桌一角。大致把房间收拾完之后，取回在投币式洗衣机里洗完的衣服，晾在公寓后面的公用晾衣架上。尽管时值傍晚，但阳光仍然很强。

我在房间多少变得像人住的地方用厨台上的煤气灶烧水，用倒在房间角落的滴落器倒入咖啡。看情形到底没有把大量唱片和组合音响全部搬来，房间里只有便携式收放机和盒式磁带。也许搬家尚未收尾的关系，多数磁带仍在原先装橘子的纸箱里塞着没动。我从那些磁带中找出以前我送给他的格雷特弗·戴德的实况录音，一边用收放机听着，一边一点点发掘墙边的书堆，啪啪啦啦翻看值得看的书。

①　指没铺榻榻米只铺地板的地方。

首先看到的是诗集,里尔克、马拉美①、瓦莱里②、中原中也、立原道造,还有一摞现代诗的诗集。有几份黄色封面的袖珍音乐总谱,过期的《唱片艺术》和《音乐之友》杂志,全集有宫泽贤治、堀辰雄、福永武彦等。另有拓植义春和永岛慎二等人的漫画一堆。再加上到处七零八落的小开本书,无从知晓到底有多少书。

我从小开本书里边找出雷·布拉德伯利③的短篇集,倒在榻榻米上看了起来。过得七点,治幸终于回来了。身穿多少有点脏的类似工作服的衣服。"呀——"、"噢——",如此用一个长音寒暄之后,他说去洗个澡,毛手毛脚从壁橱里拿出洗漱用品,一忽儿走了出去。前后时间也就十来秒。我不由呆若木鸡——并非要他热情欢迎,但毕竟四五个月不见了,多少有一点重逢的喜悦表示也未尝不可嘛!哪怕对方是保险公司的营销员,一般人也该正经打个招呼才是。何况,目睹收拾整齐的房间,难道他完全无动于衷?我憋了一肚子火,继续看雷·布拉德伯利的短篇集。

不到三十分钟,治幸再次出现在我面前。一只手拿洗脸盆,另一只手提着塑料袋,袋里装着半打易拉罐啤酒。

"多少安静一会嘛!"我说。

"怎么?"他把湿漉漉的洗脸盆放在厨台一头。

"四个月没见了哟!"

"吃了?"治幸没理会我的话。

"没有。"我没好气地回答。

"那,肚子瘪了吧?"

---

① Stéphane Mallarmé,1842~1898,法国象征派诗人。
② Paul Valéry,1871~1945,法国诗人、批评家、思想家。
③ Ray Bradbury,1920~ ,美国科幻小说家。

"啊,你吃了?"

"运输公司的活计吃饭时间没规律。"治幸从袋里掏出一罐啤酒,站着拉开易拉环倒进喉咙,"好歹找出时间,赶紧停车闯进饮食店。可今天忙得吃午饭时间都没有。用夹馅面包对付一下,四点钟才算吃上午饭。"

"那么,肚子还没空吧?"

"那不是的。搬钢琴这东西肚子瘪得极快,反正得吃晚饭了。"

嘴上虽这么说,他却一只手拿着啤酒在房间里兜来兜去,把我好容易收拾妥当的书和本子移到桌子上。

"找地方吃去吧!"我一边观察他令人费解的行动一边说。

"算了,今天就在这里来个炒面晚会吧,毕竟你特意收拾了房间。可以么?"

"怎么都可以。"

"那好,我这就去买,你喝啤酒什么的等着。"

十五分钟后,他手提袋子回来。袋里满满装着炒面用料:甘蓝、豆芽、猪肉、中国面……他一古脑儿倒在榻榻米上,从厨台下面抽出板式炒锅。然后站在台前开始切甘蓝。做好准备后,把油倒在锅上炒肉和青菜,用盐和胡椒调味,最后投入中国面,淋上酱油。炒面做好后,我们在榻榻米上盘腿坐下。

"这板式炒锅,你不认为很方便?"他边说边用方便筷直接从锅里取食炒面,"这东西有一个,炒面也好烙饼也好烤肉也好炒饭也好,什么都做得来。一星期吃的晚饭里边,有一半是托这家伙的福。"

"够勤快的嘛!"

"我基本上是个勤快人。不能根据房间脏判断一切。今天我就收拾了一下。"

我不由停下筷子，"这还收拾了？"

"怎么？"

"啊，没什么。"

"倒在那里的是什么？"

"睡袋。"

"干什么用？"

"睡觉呀。"

"为什么？"

"一床被褥睡不下两个人吧？"

"放心好了！"他说。见我歪头，他以不无得意的语气补充一句："终于确立了。"

"确立什么？"

"四天睡一次的生活模式嘛！信上写了吧？今天是第二天，明天不睡也没关系。我睡得像块石头是后天。所以今天和明天晚上你可以一个人用被褥。"

"那样的生活对身体岂不有害？"

"傻瓜！"他简单得不能再简单地说道。"人活着，没有一样不对身体有害，对身体最有害的就是活着。"

吃罢炒面，治幸从橘箱里挑出一盒磁带，塞进收放机按下开关。接在忧郁的钢琴伴奏之后，同样悲伤的男中音响了起来。问曲名，答说舒伯特的《冬日之旅》。

"你不认为正适合这热得难熬的夏夜？"

哪里适合呢？两人认真听了一会儿音乐，黯然神伤。我开始一点一点讲薰医院里的事：为防止自杀而不允许使用带线的东西，收放机也必须用电池听；水果刀不能带进去，因此削苹果皮时要一一拿去护士值班室当场剥皮,然后还回水果刀只把苹果带回病房。

"她就在那样的地方。"

"世上有人被不适当地施加了引力。"治幸说,"地球上的力场这个东西不是完全均匀的,到处有偏差。而承受那种偏差成长的人,长大后就会吃不下饭或开始把房间弄得杂乱无章。"

"我不希望你把她和自己捆在同一范畴。"我插话表示自以为极其正当的异议。

"在某种意义上,我们非常相似。"他像大声念勾股定理一样说道。

"反正有你在事情就好办多了。"我转换话题。

"房间随你怎么用,反正我打工不怎么在。既然付同样房租,那么还是充分利用为好。"

啤酒没了以后,便用自来水兑威士忌喝。看来体质上两人都抗酒精,怎么喝也不醉。这当中我好歹让他把《冬日之旅》停了,换上汤姆·韦茨的《周六夜晚的恋人》。这才是适合夏夜的音乐。十一点半,治幸当即放下酒杯,开始换衣服。

"这回开始搞什么?"

"这就出去干活。"

"这么深更半夜?"

"在二十四小时营业的餐馆里刷盘子。夜班工钱高。干完直接去打运钢琴那份工,早餐你自己凑合吃吧。"

"超人生活范式!"我讶然说了一句。

"人必须下到各自的现实性里面去。"

3 吃什么

我每天从治幸住处去薰住的医院。探视时间从下午一点开始，那之前必须在哪里消磨时间。整个上午我基本倒在榻榻米上边听音乐边手到擒来地看治幸的藏书。先把柘植义春和永岛慎二的漫画统统看完了。接着从堀辰雄全集中挑几篇作品看了。中午去附近饮食店吃套餐。然后喝着咖啡打开里尔克和马拉美的诗集。马拉美艰深晦涩几乎看不懂。里尔克的有几首喜欢上了。我把特别中意的抄在笔记本上，在医院往返电车上拿出来看：

为了不接触你的心

我的心该如何是好

如何能把我的心交给超越你的另一世界

在已然消失之人居住的黑暗中

你的心的深处已无法摇动

如果我的心能藏去安谧的远处

啊　我该何等心怀释然

可是　接触我们接触你和我的东西

无一不从两根弦上奏出同一声音

如运弓法把我们合在一起

那么　我们是哪种乐器的弦

把我们拿在手里的演奏家又是何人

啊　甜美的旋律哟

乘市营电车在薰宿舍前一站下来,马上就是大学附属医院。病房里有时她母亲在,但不在时候多。因此午后两三个小时几乎两人单独度过。对于行动受限制的薰,我差不多没有什么可做的。顶多倒倒茶在枕边说说话,或者陪她去卫生间抑或不时抱她一下。薰比以前更喜欢我碰她的身体了。较之喜欢,似乎更近乎生理需求,每三十分钟就求我从床上拥抱她。每次我都从薰的上面用双臂抱住她的上半身。

跑了几天病房后,我蓦然心生一念,在车站附近的超市里买了饼干和瓶装果酱带去医院。所幸病房里只薰自己。我把半开的病房门关紧,折回她床边从纸袋里拿出饼干和果酱。

"吃吃看?"

"哪来的?"她诧异地反问。

"买来的。"我俨然理直气壮地说,"打算一块儿吃。"

"我不能吃的。"

"不怕,保准能吃。"

我先撕开饼干袋,从中取出一块饼干,掰下一半,恭恭敬敬递过去。薰把嘴闭得紧紧地摇头。我再次把饼干掰下一半,再次劝诱似的递给她。她略一踌躇,终于表示屈服似的伏下眼睛。然后像接受圣餐礼面包那样合上眼睑,探出毫无防备的白色喉颈。

"张嘴!"

她顺从地张开嘴。我在她舌尖上放了一点点饼干。薰嘴巴就那样一动不动,似乎在等待饼干自然融化。也许想一吐了之。我定定注视她的脸。后来她睁开眼睛看我这边。我默默点头,于是她重新闭上眼睛,似乎用舌尖确认口里的东西。稍顷,闭上嘴,蹙起眉头咽了下去,之后静静睁开眼睛。

"好吃。"她说。

"就是的嘛。"

"奇怪。"

"果酱也尝尝?"

我用手指抹一点果酱挨到薰的嘴边。她乖乖张开嘴,我把沾果酱的手指轻轻伸进嘴去。她把温暖的舌头裹上来,干干净净吮去指上沾的果酱。一边用舌头转圈舔手指,一边撩起眼皮向上看我。我像喂小鸟的母鸟一样把饼干和果酱交替送到她口中。送什么她吃什么。

我把饼干叼在嘴里送到薰的嘴边。她同样用舌尖接过,用唾液软化后吞下。有时候她嘴太突出了,致使唇与唇碰在一起。饼干渣放在舌头上不嚼不咬地含一含就变得柔软了,之后慢慢凑嘴近前。薰轻轻张嘴,舌尖探出一点点等着。我把几乎成糨糊状的饼干移入薰口中。她依然闭着眼睛,撅起嘴唇相迎。挪开嘴唇细看,她仍闭目合眼,似乎正在确认进入口中的东西。尔后忧郁的表情更加忧郁,鼻梁周围沁出阴翳,旋即上下动了动喉节,把嘴里的东西吞咽下去。

薰会用舌尖把移入的食物顶出来。我接过,或再次送回她口中。一块食物在两人口中翻来覆去之间很快融入两人的唾液——别说形状,连味道都变得不知原来什么味,几乎已无法称之为食物。甚至已不能说是从外部摄取的物质,而觉得是相互品尝两人的肉体或对方的生命本身。

"不渴?"

"身体里全是水。"

不时这样交谈两句,对吸热乎乎的气息。不觉之间,薰已安静下来,响起轻微的睡息。嘴边给果酱和饼干末弄脏了。我用自来水浸湿枕边的毛巾,小心揩净。这时间里她也没有像要醒来的样子。

薰烂醉一样沉睡。门半开着。我甚至不晓得有没有人窥看我们的动作。看就看吧,无所谓。此处是患有精神病症的人的病房——或许是这点消除了羞赫和愧疚感。……如此分析时间里,忽然觉得刚才还同薰搅和舌头的自己已经为和她同样的病理所俘获。

4 吃什么(续)

我的父母从我读高中时就知道薰,儿子打算同这个少女结婚这点也似乎隐约有所察觉。所以我讲出她的病情、讲自己暑假在M市治幸住处度过,两人也什么都没说。只是父亲让我偶尔回家一次,说路费什么由他出。我在每四天治幸像石头一般沉睡二十四小时那天回家,同父母一起吃饭,在自己床上睡。去M市那天的早上,母亲必定做好饭盒,还是高中时代用的饭盒。每次接过我都心想自己到底干的什么事呢?在列车中打开包袱皮时,眼角不由一阵发热。至于饭盒里的菜,依旧是烤咸青花鱼和炸鱼糕筒。

在治幸房间居住期间,晚饭每次都用板式炒锅做来吃,但连吃几天到底腻了。于是兼作对于免费留宿的回礼,我一点点买齐了厨房用品。大学附属医院附近有几家以学生为对象的当铺和二手电器品店。我先在其中一家买了电冰箱和能做半升米的电饭锅。其次在公寓旁边的当铺买折叠式小矮脚桌。最后在超市买两个人用的餐具、米、青花鱼罐头、速食大酱汤、纳豆①、韩国泡菜等食品。回房间后我在厨台把米淘了,开始做真正的饭菜。矮脚桌摆上光闪闪的新碗和漆筷。七点多治幸回来了。看见矮脚桌和崭新的餐具,看样子吃惊不小。我把刚煮好的米饭、青花鱼

---

①　一种发酵的大豆。

罐头、速食酱汤、纳豆、泡菜端到桌上。

"我最讨厌的模式!"他说。

讨厌也罢什么也罢,肚子饿了的人硬不起来。好恶抵挡不住食欲。干体力活回来的治幸一阵大吃大嚼。半升饭转眼间就光了。饭后喝电冰箱里冰镇的啤酒。冰块放在手随时够得到的地方。

从第二天开始,我像新婚主妇一样一点点购齐烹调用具。先买了中号单柄锅用来做鸡肉鸡蛋浇汁饭。作为材料准备好鸡蛋、烧鸡罐头和大葱。先把烧鸡罐头打开投入锅中,加水和酱油煮开,再往上面打鸡蛋,待鸡蛋半熟时放葱。稍微蒸一会儿后,倒在大碗里的米饭上面——浇汁饭于是大功告成。不做浇汁饭的时候,我就用小杂鱼干调味做大酱汤。菜照样是罐头、纳豆和泡菜,但由于加大酱汤,心里便已十分满足。接下去买了稍大些的中国锅用来炒菜,单柄锅做豆腐和裙带菜大酱汤。如此这般,我们的晚餐逐渐向一般家庭饭菜档次靠拢。

治幸虽然连说"讨厌",而吃起来却显得津津有味。饭吃腻了,就巧用速食面。先用中国锅炒猪肉青菜,再放浅水进去煮开时投入五包速食面。边搅拌边炒一直炒到没有水气——炒米粉般的"料理"于是诞生了。在速食拉面上面几乎探讨了所有可能性。其终极性吃法是所谓"拉面炒饭"。若说做法,首先把饭和混合青菜炒了,再把鸡肉拉面稀稀拉拉撕开放进去,加上辣味明太鱼子搅拌。只写烹调过程是很乏味,但实际吃起来,却叫人产生深深的感动:原来世间竟有如此的美味食物!这个吃法惟一的缺点就是多少有瘾,一味吃过一次,就不能设想没有"拉面炒饭"的生活。

"我和这个'料理'一块儿死了都行。"治幸说。

"念头或许可取。"

"让她也来点如何？"

"吃死了不好办。"

"居然找不到想吃的东西，她也太不谙世事了。"

买来电冰箱后，我们开始两人每天各喝三大瓶啤酒，然后喝威士忌。两人的喝法便是如此莫名其妙——等于把特意花不少钱买来的酒接连送入肾脏加工成尿液。房间里总是响着什么音乐。当然两人的爱好很难说一致。例如他放罢拉威尔管弦乐专辑的磁带之后，我放约翰"博士"①的《秋葵》(Gumbo)。边听边一个劲儿喝酒，话几乎不说。治幸基本喝着酒看书，我一有酒精进去就追不上铅字，而他不在乎。十一点，他当即停止喝酒，手脚麻利地穿上衣服出门刷盘子。

运钢琴的那天，治幸刷完盘子直接去运输公司，因此不到第二天夜里见不到他。但要连睡二十四小时那天早上他回到住处。我做好早餐等他。两人吃罢早餐，他一头钻进被窝，我去车站回家。

薰对这种关系很感兴趣，时常取笑说我们像夫妻。

"做饭、在一个房间睡觉，这不就是过日子么？一般说来不就是夫妻？"

"不是出于喜欢。"我有些气恼地说，"因为要每天看你才不得不在治幸宿舍生活。"

"没吵架什么的？"

---

①　Dr·John，从上个世纪六十年代活跃至今的美国根源摇滚歌手，《秋葵》是他的个人专辑。

"没有。"

"那是因为什么呢?"

"大概因为对对方没兴致吧。"

在医院里碰上过一次薰的父亲。一如往常走进病房,见他正不大自在似的坐在房间一角。壮壮实实,个子好像比我还高。风貌好像很适合在电视剧里扮演大公司的头面人物。大概晓得我的父母,就此聊了几句。接着问了问学校情况,哪个系哪个专业啦,问得很笼统。我以仿佛找工作时接受面试的心情紧张地回答。不多工夫,她父亲说另外有事离开了。是否把我作为女婿承认了我不知道,交谈内容太贫乏了,很难就此做出判断。

5 爱 谁

在病房第一次见到薰的姐姐时,觉得自己很可能弄错了喜欢的对象——她便是如此漂亮。薰也够可爱的,但有一种平民味道;她姐姐则更为洗炼,气氛上让人轻易不敢接近。就漂亮这点来说,莫如说薰的姐姐更像她们的母亲,在仿佛拒绝男人的冷峻之美这点上。

"薰总是承您关照。"她和她母亲同样寒暄一句,随后说"在电话里聊过几句吧",好像是指高中时代那个暑假我打电话把她错当成薰那次。她又以老成的语气继续道:"大好的暑假全用来看望病人了,怕是够无聊的了。"

我在其美貌的威慑下,几乎没说成像样的话,"反正闲着。"好歹说这么一句,往下就像不胜娇羞的少女低下头缄口不语。

"你这位他这么天天来探望,也该吃饭争取早些康复才行哟!"她当着我的面以稍带责备意味的语气对妹妹说。

薰淡淡浮起笑意听我们交谈。听得姐姐这么说,低声附和道:"嗯,是啊。"

好在薰的姐姐不一会儿走出了病房。若再在房间聊下去,笃定把支支吾吾答不上话的我看成白痴,并有可能向家人报告薰是因为同白痴交往才得拒食症的。

"漂亮吧,我姐?"薰似乎觉察出了我的心思。

"是啊。"我心不在焉地应道,"在这座城市工作?"

"在广播局工作。记者呢,别看那样。"

"那,够忙的。"

"人很能干。"她说。随即现出仿佛远望的眼神,"时常嫉妒姐姐,漂亮、聪明,能做自己喜欢的事……"

"你也漂亮、也聪明,"我急忙断定,"喜欢的事以后做不迟。"

"我没办法像姐姐那样的。"

"为什么?"

"无可奈何。"

薰低头咬住嘴唇,意思像是不希望继续说下去。寂静使得说话时意识不到的病房气味明显起来。那是药味、消毒味儿、轻微的体臭混合在一起的味道。我环视房间。窗对面竖着竹竿让牵牛花爬上去,红色和紫色的花已经枯萎,如瘪了的气球。

"吃不?"我从袋里掏出食物问。

薰惊讶地抬起眼睛,随即"嗯"一声轻轻点头,害羞似的现出微笑。

一再尝试的结果,发现若是不用咀嚼即在口中自然溶化那样的食物,薰是可以接受的。必须咬碎的东西一开始就不想吃,而下咽时有异物感的东西吃了不想再吃。医院的饭菜里边肯吃很软的饭和煮鱼之类,想必是出于对我的撒娇心情。

我并非想以自己的力量像母鸟叼食那样养活薰,也不是想让病情尽快好转,更没打算发挥鼻孔透明管那样的作用,只是想通过吃这一行为和她连在一起。所以食物的种类不是问题。重要的不是让她吃什么,而是让她吃这一行为本身。使之吃东西是一种象征性的生命交流。我通过食物将自己的生命给予薰,通过给予进入她体内,于是合二为一。或者属于变形性交亦未可知——

同生儿育女维持家庭这一未来不相干的、仅仅反复当下的性活动……

"有时心想得了这种病怕是幸福的。"薰舔了一口我用手指沾去的果酱，道出这样的话来，"可以天天这样让人喂食，可以让人像抱婴儿那样抱着……"

"不可能长此以往哟！"我有些生硬地说，"不吃像样的东西，不久会得上真正的病的。"

话出口那一瞬间，我心想糟了。虽说自认为是全心全意照料她的，但毕竟对摄食障碍这种病怀有某种并不切合实际的印象——想必是这点使我说出"真正的病"这样的话。我像要弥补自己的失言似的从夏令被上面抱住薰的身子。薰没有介意我的话和拥抱，把话题转往其他方面。

"你这么一整天陪着我，如果至少持续一年，我就这样死了也可以。"薰以做梦般的表情说。

"那我可怎么办？"

"和别的什么人结婚不就行了！"她平淡地说。

一瞬间我静止思考。看来，暂且只能作为玩笑对待。"那好！"我缓慢挪开身体说，"假定我和别的什么人结婚。可是那场婚姻想必以不幸而告终。为什么呢？因为我忘不了你。我就是想爱新遇上的人，那也是虚伪的爱。妻会说我心中藏有秘密。这样，我势必同她分手，怀抱对昔日恋人的未果的爱活下去……一切都完了。"

若无其事地窥看她，她正嘴角含着笑意仰看天花板。稍顷，好笑似的说："岂不成了伤感的爱情电视剧了？"

"想弄成那种电视剧？"

"不是那个意思。"她仍以沁出笑意的声音说下去,"我想向谁撒娇的,从小的愿望。我猜想怕是为了满足这个愿望才得这种病的。"

"这回满足了吧? 差不多返回原来的自己如何?"

薰什么也没说,只是和刚才一样怔怔仰视天花板。这时间里,我发觉她的神情有了变化。尽管难以捕捉,但的确有什么变了,表情中失去了不知是纵深还是柔和抑或含蓄那样的东西。她的表情随之给人以极其无机质式的感觉,薰的体内似乎有什么将她逮住领走。

"我这样就可以的。"稍顷,她仍以那样的表情平铺直叙地说,"现在的我是最像自己的我。"

"是不是呢……"我温和地否定道,"现在的薰一点也不像薰的哟,照照镜子!"

她没有应声,空漠的眼神在空间里彷徨,似乎在思索我的心所无法企及的遥远事项。未几,她以不含感情的语声问:"你希望我变成什么样子呢?"

"什么意思?"

"你所追求的,怕是像我姐姐那样的女人吧。可是不巧,我变不成那个样子,因为那不像我。腿也细腰也细、像个男孩子的现在的我就是真正的我。"

她的语气和她讲述的内容相反,全然不伴随感情波动——讲自己的事就像讲别人的事。

"既然你那样说,想必是那样的吧。"我顺水推舟,"不要紧,即便是像个男孩子的现在的你。只是……总有一种不安,觉得你好像要直接走去哪里。"

薰以迟钝的动作朝我这边转过脸,以焦点既像对上又像对不上那样的眼睛看着。之后,忽然想起似的把手伸向床头柜,从抽屉里取出小镜子,机械地拿到自己的正面。看了一会儿照在小镜子里的脸,但丝毫没有左右改变角度。之后抛开累了的手臂,小镜放到被上,用右手握住左手腕,动作像是在测量手腕周长。

　　"的确那样啊,"她自言自语地说,"现在的我一点儿也不像我。这个瘦瘦的我到底是谁呢?"她一本正经地诉说。但诉说的内容依然不伴随相应的意识,使得听的一方怀有一种怎么拍击也没有回响的空虚感。

　　"现在也很像你的。"我拉起她的手,使之离开手腕,"不过瘦一点儿罢了。只要吃饭,就会恢复的。"

　　"这几个月连月经都停了,"她打断我的话,兀自说下去,"身体咯嘣咯嘣瘦得皮包骨,这样子无论如何当不了你的新娘的。"

　　抓不住她的心,我想。我东她西,我西她东——她的心如水一样从我手中滑过。我感到一种类似眩晕的绝望,悲伤使我胸口发闷。悲伤没有沉潜下去反而从胸口溢出,突然化为无可抑勒的怨恨朝我袭来。我被一股难以说是理智的冲动所俘虏。意识到时,双手正抓在薰石膏般的肩膀上。

　　"莫非你不愿意和我在一起?"我拼命压低声音,"而又不从自己口中说出,全拿病当挡箭牌。"

　　薰左右一耸一耸地后撤两肩,以又惊又恐瞪得大大的眼睛看我。

　　"你是主动得病的!"我继续往手指用力,"你不愿意和我一起生活,却又无意分手,所以得了病。得了病就让我一直看护,一直看护到死!"

她伏下眼睛伤心地摇头,低声道"不是的"。

"不,是的。你不打算和我生活,而又不肯抛弃,存心把我弄成半死不活的状态,让我陪你陪到死!"

停顿有顷。突然,薰嘴里洩出呜咽般的声响。我不由把手从她肩上拿开,冒泡般的战栗掠过脊梁。薰的声音汇成汹涌的浊流一泻而出。它侵蚀、冲毁堤防,刹那间吞噬整个房间。我呆若木鸡地看着迄今构筑起来的东西无情流逝不见。

那是一种动物般的撕肝裂肺而又不具含义的叫喊。较之向谁控诉什么,更像是力图将自身存在化为乌有那样充满暴力性的漩涡。薰哽住呜咽,想强行把涌上来的东西吞回去。这当儿,往被子上吐出一口红褐色液体样的东西。我慌慌张张收拾脏物,她狠狠把我的手拨开,顺势把透明胶管从自己鼻孔一把拔掉。我设法制止她,扑在她身上抱住。不料不知她哪里藏有那么大的力气,竟把我从床上一下子抛了下去。我不知所措地向上看着狂喊乱叫的薰的时候,听得骚动的护理员和护士们进入房间。她们三人一起按住哭叫的患者,一个护士以惊人迅速的动作把针扎进薰的手腕。

6 月的阴暗部分

我离开治幸住处,暂时回自己家。留下来也无事可做了,往下一段时间不允许去医院探视——来告诉我的是薰的姐姐。她是代表医院方面和家属来劝说我这个"问题儿"的。我们在繁华大街上的一家咖啡馆会面。

"这种病,老叫她吃呀吃呀并不是很好。"她一边摆弄金手镯,一边像多少责怪我似的说。"据医生介绍,薰所以拒绝吃饭,是因为对周围还有紧张感,因为不想在你和家人面前表现不体面的地方。可是若太勉强她,她很可能出于想让周围人高兴的心情而开始进食。而那样一来,一般就会导致暴饮暴食。"

"要等多长时间才能去见面呢?"

"最短两个星期。根据情况,等一个月也不一定。"

"写信打电话可以吧?"

"遗憾的是,那也好像不成。"薰的姐姐有些不忍地说,"关键是让薰一人独处,让她面对自己本身。怎么说呢,现在的薰好像迷失了自己,光是介意你和周围人。而且,不是把别人看作具有独立人格的人,而是当成某种范畴,当成命令自己这么做那么做的领导,或者完全承担母鸟职责而对自己百依百顺的保护者。也就是说,她需要别人以代替自己自立或作为自己与现实之间媒介的面目出现。而问题也就在这里。"

我隔着玻璃窗打量外面。路对面展开一道长长的塑料遮檐,檐阴里摆着白色的桌椅、赏叶植物等等。可是客人都往有冷气开放的室内走去，外面一个人也没有。

"另一方面我想也有她不想同自己的病正面交锋这个原因，"她边说边在桌面叉起形状娇好的手指，"为此利用家人和医疗人员。这似乎是因薰这种病住院的人较为常见的倾向。不错，医院这地方是有住起来舒服的一面。由别人照料自己，本人只要躺着即可。因此更不能宠她。因为太舒服、住太久了是不好办的。实际上听说也有人住十几年了。这种事态无论如何都得避免。你也不愿意薰住在医院里不出来吧？"

"那倒是……"

"为此，需要让薰一点点正视现实。"

八月中旬，艾尔维斯·普雷斯利死了，摇滚之王的死。暴食炸面圈死的。四十二岁。音乐杂志上，鲍勃·迪兰的来日成了话题。迪兰莫非现在仍在唱《战争头子》和《玛吉的农场》（Maggie's Farm）？感觉上似乎遥远世界里的事情了。我对任何话题都无动于衷。音乐几乎没听。听什么都没意思，不知在唱什么。摇滚无非嘈杂的音乐。刚开始听"甲壳虫"而皱眉道"噢要命！"的大人们就是这样的心情不成？对于薰的心情觉得多少理解一点儿了。借用她的口气说来就是：不是想听而忍着不听，而是不想听，听什么都没意思，找不到想听的音乐……

不能同薰见面之后，我失去了精神上的平衡。走路当中有时心跳突然加剧或一阵窒息般的痛苦。在有冷气的房间里尽管不热却出一身令人不快的臭汗。夜里苦于失眠。较之入睡不好，更多时候睡着后做梦做醒。较之视觉，诉诸听觉的梦更多。睡梦里她哭泣不止。哭声既像近在耳畔，又像隔着房间。它像黑暗中纵横交错的细丝,不低不高地久久持续。又哭了,我在梦中想;差不多该去了,如此想着醒来。醒来后再也睡不着,直到天亮。

　　黎明时分醒来情况更糟。心情一塌糊涂,开始就薰可能想出的自杀方法左思右想。即使要想别的,不知不觉之间也还是被拉回到"自杀"这一念头旁边。上吊、吃安眠药、割手腕……已然得手后的场景在脑海里纷至沓来,甚至看见自己扑在她遗体上哭的身影。不久真的流出眼泪。

　　想来真是令人战栗。正常的年轻人已在外面开始做广播体操时间里,自己却在被窝里吞声哽咽。到早餐时间也不肯爬出被窝。母亲搭话也赖着不起。本来什么也不想说,而这样一来家人难免担心地刨根寻底,于是使出浑身力气做最低限度的应答。快中午时好歹起来,似已劳作一通的不快的疲劳感在全身挥之不去。傍晚心情多少好转,而第二个长夜又即将开始。

　　薰的姐姐不时写信告知医院情况。信中说,我走后很快出现医生所担忧的那种暴食行为。吃罢,或许出于自我厌恶,精神状态一蹶不振。而这种时候容易出现自杀或自伤行为,所以时刻离不开监视。并且,虽说是暴食,但由于吃进去的东西几乎倾吐一空,体重反而下降。点滴又打了几次。主治医生暂且采取了限制薰的活动的措施。住院之后她也多少有钱可花,用来买很多糕点吃。医生对本人说了,禁止她从精神科住院楼走去外面。钱交给家人保管,不让她自由买东西吃。对于这些措施,薰自己也已理解。如果能够做到,可以允许探视。

　　我重返 M 市,做好所有准备,以便随时可以前去探病。每天都往薰姐姐单位打电话,努力收集情报。然而暴食毫无改正迹象。由于自己不能买食物,便央求其他患者给或强行讨要,有时甚至偷。这样当然引起抱怨，被护士当场抓住都有过几次。每次她都说谎，或嫁祸于人或百般抵赖或大哭大闹。因为脑袋本身就好使，所以对于医生或护士的批评她都能巧妙指出对方的疏漏和矛盾，准确抓住对方弱点。对她这种咄咄逼人的傲慢，治疗小组里边也有人怀恨在心。薰的姐姐这样说道。暴食治不好是不能探视的。再过两个星期暑假就结束，那一来，我势必在不能见到薰的情况下返校上课，连我都可能发生摄食障碍。

治幸继续劳动生活。这几个星期，朝思暮想的小汽车也到手了。二手"思域"。也许不耗油的关系，大学里的学生也常开这种车。用来拉女孩子兜风倒不怎么样，但毕竟实用。我照样做两人量的晚饭，抓到什么书看什么书。看书不是因为想思考什么，而是因为什么也不想思考。也看电影消遣。傻里傻气的电影：拳击手主人公散步、做俯卧撑、一连喝四个生鸡蛋、登拳击台挨打。暑假接近尾声。王贞治①继续本垒打，已逼近阿隆②的大联赛记录。在他平了七百五十记录的时候，我再次见了薰的姐姐。

"怎么搞的，连你都瘦了么！"赶到碰头咖啡馆的薰的姐姐一瞧见我就这样一句。

"怎么样啊，她的情况？"

"不妙啊。跟你一样一蹶不振，而且老是哭。"她朝走来的男侍应生要了冰咖啡，喝了一口杯里的水。

"不要紧吗，就那样交给医院？"我只字不提自己的过失，情不自禁流露出对医护人员的怀疑。

"是啊。"她赞同似的随声附和，"医院的医生也说好像有什么

①　台湾地区出身的中国血统日籍优秀棒球手，本垒打世界纪录保持者。
②　Hank Aaron，美国职业棒球手。

不对头。就是说，单单想早日康复出院的念头强烈，而至为关键的想治病的意识或者说自我治疗的自觉好像整个儿失落了。医院方面也找时机同本人耐心谈过，可根本没能说服。听的过程中倒是老老实实点头，但一出诊室就问出院的事。"

"不能见一次吗？"

"眼下怕是该让她忍耐的时候吧。"

"再过十来天我就要返校了。"

薰的姐姐不应不答地眼望窗外。阳光灿烂的大街上人来车往。定睛注视时间里，街上的光景犹如曝光过度的照片变得白花花明晃晃的，最后啪一声迸溅在光粒子的波涛中消失了。或者那是我自身的愿望亦未可知。假如我就这样失去薰，索性世界都迸溅在光粒子之中消失才好。

7 我们的计划或无计划

九月初,王贞治终于打破阿隆大联赛记录。他是我出生那年加入"巨人(Giants)"队的。其后十九年时间里,我患麻疹和疟腮、乳牙换成永久牙、变声、长毛,成为对薰一往情深的男人。而王贞治始终挥舞球棒进行本垒打,积累的结果便是七百五十六之数。

我是在常去吃午饭的饮食店的电视上看这场比赛的。对阵的球队是"飞燕(Swallows)"队,投手是铃木。第一打席四球,第二打席铃木也提防本垒打而只攻外角。瞄准外角投的第六球进入正中间偏高的位置。王贞治的球棒接住了这个球,球呈一条直线飞入满员的右台。到处裂开的彩带花绣球。举起双手缓缓挥动钻石奖杯的王贞治。那时,我脑袋里有什么短路了。伴随自己成长连续进行本垒打的这个人创下世界记录——在多种意义上此事到底非同寻常。

回到住处时我只有一个想法:无论如何都必须去见薰。她姐姐后来告诉我,薰的状态较以前稳定了不少。暴食呕吐的间隔也一点点拉长。我以热恋者的一厢情愿这样想:薰是为了早日恢复见我才开始吃东西的,而这成为导火线使得她陷入暴食状态。为什么甚至偷别人的食物而一味暴食呢? 因为寂寞。为了冲淡寂寞而暴饮暴食。她需要每天拥抱她的人。我必须见她、紧紧地拥抱她。这样,她的饥饿感就会得到满足,暴食就会停止。

"推论着实高明!"治幸听完我的话当即说道,"能够把别人的病自以为是地判断到那个地步,乃是与生俱来的才华,我认为。"

"只一天就行,再一个星期暑假就没了,我不能不返校。只一天、只想一起度过一天。"

"并且抱紧她。"

"那也算是。"

"受不了啊,"治幸骨碌一声躺在榻榻米上,"那时间里我干什么好?"

"问题是怎么把她领出来。"

"住院楼进得去的吧?"他兴味索然地问。

"是进得去。可是护士们已经认得我了,不好办。"

我定定注视治幸。他似乎从我认真的眼神里读出了某种于己不利的东西。

"不干,我不干。"他一下子坐起身,有些惊慌地说,"不说别的,我去接她肯不肯跟出来就心中无数。"

"不要紧,她信任你的。"

"不行!你也知道,荷包蛋和女人我对付不来。"

"时至如今,就别强调自己了。"

"哪个强调?"

"反正求你了。"

我对治幸讲了计划梗概,并画出医院内部示意图,标明入侵路线、领出她以后碰头的地点。一开始表现消极的治幸听着听着逐渐来了精神。看来,他似乎从我的计划之中嗅出了已然失去的骑士遗风。况且,为一对恋人拔刀相助这个角色恐也绝不有违他的意愿。

"也就是劫掠了?"听我大体说完他问。

"说劫掠不好听。"我往他亢奋的心情泼冷水,"只不过让她呼吸一下外面的空气罢了。早上领出,晚上好端端领回。"

"直接领她逃走如何?"

"开玩笑!"我声音高得有四音度左右,"她病着! 弄不好有生命危险的。还是只一天,只请你帮忙让我任性一天即可。"

"莫名其妙的地方倒会讲大道理。"

"是理性的——希望你这样说。"

"没准是你的这种地方把她弄病的。"

"什么意思?"

"因为使人致病的一是认真二是笨拙三是厚脸皮,而这三点在你身上一点不少。"

"无中生有地搬弄是非。"

"说到底,你以为理性这东西有什么价值不成?"他以不无厌恶的语调说,"何以非理性不可?"

"因为看重确定性。"

"何以非确定性不可? 确定性有何价值可言? 莫如说非确定性才有价值。何苦追求确定性?"

我听得一个有良知的声音在说:这东西再争论下去也没有结果。可是他有一种不可思议的激将才能。一如酒精、毒品、手淫,治幸也让人上瘾。

"生存不就意味追求某种确定性么?"我说。

"不,不对。"他当即否定,"无论哪一种类的东西,大凡追求确定性,都意味对生的放弃。只有委身于不确定的未来才谈得上生。"

"人从生下来开始就是追求确定性的,食品、家庭的爱情……"

"食品和爱情恰恰是不确定的东西。"治幸打断我的话,"食品在某种程度上成为确定之物充其量是近几十年的事情,人生因此变得和烤焙用具差不多。可是爱情至今仍是不确定的东西,爱情才正是世上不确定的劳什子。所以追求爱情的行为才是美丽的。将赌注押在至为不确定之物上面——行为是够英勇悲壮的。在这点上你是好样的,我甚至对你暗暗怀有敬意。可是,你的错觉在于以为追求爱情的行为同追求确定的东西直接相连。记住:爱情与确定性本来就是不能同时入手的。企图强行入手的厚颜无耻让一个人患上了拒食症。我们把这种力图将这对相互矛盾的东西一并搞到手的狡黠称之为理性。按理,你希求她的爱情的行为是同极不确定的未来联系在一起的,这便是人生。如果寻求确定的东西,死了最好。因为最确定的东西就是死。"

"当然死是确定的。"我冷静地反驳,"而且生为死所规定。所以生也必须是确定之物。"

"你也成为一个蛮不错的理论家了嘛!"他奚落道。

"因为暑假期间看了你的书。"

"为什么要用未来规定一切?"治幸抓住我这方面一瞬间的空隙转为攻势,"她为什么得病?你想过吗?责任你也是有的!这点你可明白?你为了把她的爱情变成确定之物而努力否定她之所以为她本身。这就是所谓婚姻制度。婚姻使得一个丰富多彩的人变成抽象的概念:妻子、母亲或者女人。她在同你结合的未来中看到的就是这种空疏的、规范化的自己。所以她不能不对同你结合的未来感到悲观,然而又无法逃避。也就是说,她的现在成了让她动弹不得的东西,所以才逃向病这个没有时间的世界,而这一切都是你想把她的爱情搞成确定物的结果。"

"我要做的不是任何人都做的普通事情么?"我以接受他这种强词夺理的说法那样的心情说道。

"为什么以为她是普通的?"治幸不想就此偃旗息鼓,"是对你来说她是普通的,还是说她同大多数人一样? 为什么从一般语境来把握她? 她可是惟她一个的哟! 对于你不就是特殊的惟一吗? 为什么不尊重她的特殊性? 她既不是普通的,又不是一般的。她拥有仅仅她才有的世界,那个世界不接纳你所说的极为普通的婚姻和家庭。尽管不接纳,然而周围人不断强迫她接纳,所以才有病了——你连这个都不明白?"

"你叫我怎么办?"

"不知道。"他重新骨碌一声倒在榻榻米上,"她是你的她,自己想去!"说罢,治幸闭上眼睛。

第六章　1977 年・秋

1　逃出晴空

　　夜间门诊部的入口静悄悄的。平时停在那里的出租车在这夜班护士都已回去的此时此刻也不见了。我们在车上屏息敛气等待薰的出现。时针即将指向后半夜两点。

　　按最初计划,本应在探视时间开始的午后一点多乘坐治幸的"思域"公然闯入医院。我在普通门诊部的沙发上等候,治幸装成探病客人潜入病房。他拿两封信。一封是写给薰的私信,恳切地写着我内心的痛苦;另一封是写给薰的主治医生的"作案声明"。读罢信的薰同治幸一起溜出住院楼,来到普通门诊部。来到这里,就不会再有人注意我们。我说服薰把她领出医院,三人度过半天,熄灯前返回医院……

　　实际操作的时候,我们像闯入市谷自卫队的三岛由纪夫和"楯之会"成员①那样,以不无紧张的神情离开治幸住处。二手"思域"一路朝大学附属医院行进。途中我为薰买了一束鲜花,像怀抱三岛那种"关孙六"宝刀一样把花紧紧搂在怀里。由于提前到了十五分钟,我们就在那一带兜圈子消磨时间。一时整钻过医院正门,治幸潜入住院楼。不料十分钟后返回的治幸以责备的语气告诉我计划有了变动。他说,看了信的薰对计划大体赞同,但表示不能马上照做:首先,她不愿意身穿睡衣相见,见就穿像样的衣

_____

　　①　日本作家三岛由纪夫于 1970 年率"楯之会"成员闯入市谷自卫队发表讲演后剖腹自杀。

服见;其次,既然从医院溜出,那么自己也需要做相应准备。

"准备?"我不由反问。

"说到底,你的计划总是以自己为中心,没有设身处地为对方着想。"治幸半是惊愕半是佩服似的说。

"那,那说什么时候合适?"

薰指定翌日凌晨二时。中午探病时间注意的人多,很难离开住院楼。而若是深夜零点以后,只有一名护理员一名护士值班。况且从凌晨两点开始两人中总有一人小睡,轮换前一小时没人巡视——趁此时机溜之乎也。碰头地点定在夜间门诊部。我写给主治医生的信她也看了,当场撕碎扔掉。主治医生那边她重新写一封,溜出医院前放下。

夜间门诊部门前是个环形缓坡路,可以靠檐停车。门口墙上安有长方形荧光灯,"夜间门诊"四个字清晰闪出。我们把车停在同医院建筑物一路之隔的对面。路旁长着高大的苏铁树,立着道路标识样的东西。黑暗中凝眸看去,可以看出写的是"Sugimachi St"。想必是采用大学退休教授等人的名字为院内沙石小路一一命名的。打开车窗,虫鸣入耳。怕是蛐蛐儿或蝈蝈儿什么的。它们不但在草坪上大批集结,还在车周围小股散开。

"慢啊!"我看着表说。预定时间已过去了十分钟。

"肯定在窥伺溜出时机。"治幸手搭方向盘说。

"按原先计划白天把她领出来就好了,到底。"

"现在说那个有什么用!"

医院里面几乎漆黑一片,从这里只能看见安全门的绿灯和表示消火栓所在位置的红灯。就在这黑暗中,一个隐约的白色人影如显像墨水一点点现出。一开始又像护士。出于慎重,开车门下到外面。人影沿幽暗的走廊缓缓移近。不久,手按在入口门上,被"夜间门诊"的荧光灯一照,变成了薰的身影。我急步穿过"Sugimachi St.",登上通往夜间门诊入口的徐缓的坡道。薰看出是我,止住脚步。她身穿有印象的夏令裙子,手里提一个大纸袋。我像拖轮一样朝薰靠近,连纸袋一起紧紧抱住她。在荧光灯照射下,她棱角分明的脸微微笑着。我再次用力把她搂紧。

"喘不过气,"她在怀里说,"醉了?"

"哭了。"

薰用空着的那只手从后背摸我的头发。我只是用双臂搂紧她。如此久久地站在夜间门诊入口相互拥抱。幸好没有人从附近走过。也许走过而我们没有察觉。在行人眼里,我们看上去大概像一座互相拥抱的铜像。治幸想必在车里嘟囔一声"受不了啊"而骨碌一声歪倒。虫们估计仍在×××地点继续作战行动。但与我无关,除了怀里抱着的薰,什么都与我无关。

2 月夜兜风

治幸手把方向盘，像是被铁丝缚住一般凝视前方。想必我们的拥抱过于庄严了，看得他成了石头。我打开后门，让薰先上去，自己滑进她身旁。坐席后面放着白天买的花束，我把花束递给薰。她低声说谢谢。

"准备好了？"

"准备随时都能好。"

我默然点头，看一眼驾驶席的治幸。他仍然目视前方，一动不动，俨然上个时代名人专属司机。现在，名人之子和患病的千金正外出幽会。

"那么，你就开车吧。"我说。

治幸如韦驮天①一样驱车前进。本田"思域"接连踢飞教授们的姓名，在大学附属医院的院内风驰电掣。他像闯过纳粹德国哨卡的斯泰夫·麦克恩②那样踩着油门冲出大学便门，在狭窄的校内通路横冲直闯，不问东南西北地开上国道，连超卡车，一路疾驰。空中现出青白色的月。月以和车同样的速度尾随其后。我从磁带盒里挑出一盒递给治幸。甲壳虫的《Please Please Me》。第一曲名叫"那时心被偷走了"。兜风首选歌曲。

---

① 佛教中的护法神，以善跑闻名。
② Steve McQueen，1930～1980，美国电影演员。

那个女孩才十七岁

知道这是什么意思吗

漂亮得出类拔萃

和其他女孩不是同类

　　不管怎样我需要鼓舞自己,为了朝着莫名其妙的未来突飞猛进。莫非我正一点点被治幸的思想所感染不成——不考虑将来,百分之百活好现在。而治幸正合着轻快的拍节手拍方向盘。我和薰相互拉手。

　　"往哪里去?"治幸从驾驶席问。

　　"哪里都行,只管开就是。"

　　他用后视镜瞥了一眼后座。

　　"海不错。"我说,"往能闻到海潮味儿的方向开。"

　　车在长长的隧道里奔驰。橙色的灯光和报警电话的指示灯不时掠过窗外,每次都在薰的脸上投下雕刻般分明的阴影。治幸兀自凝视正面,咳都不咳一声地全神贯注开车。这时,我倏然产生一种奇妙的心情。我察觉自己正为两人自豪,也为自己同这两人在一起自豪。

　　治幸久久沉默着开车。《Please Please Me》放完,他从仪表板上拿起一盒自己的磁带。怒涛般的音乐骤然响起。这个我也知道:瓦格纳的《尼伯龙根的指环》。肯定他也要以他的方式鼓舞自己奔向不确定的未来。

　　"不困?"我问。

　　"白天一直睡来着。"她说。

　　"我们也是,为今夜勉强睡的。"说着,我看了看薰,"反正是想见你。"

"嗯。"

"不愿意见面的。"

"知道。"

说到这里,很想抱在一起来个放肆的长吻,但由于治幸的关系,只好忍了。再说还有后视镜——这个莫名其妙的劳什子! 在这种情况下,瓦格纳也关掉才好。

"这衣服,蛮合适嘛!"我打起精神说。

"真的?"她半信半疑地打量自己的身体,"季节有点不对头,可只有这件。"

"今年没有夏天,以后补回。"

大约持续跑了一个小时,右面看见海了。路两旁似乎是农田,种的什么因为黑看不清楚。农田前方有一道混凝土防波堤,再往前是海。打开一点窗让风进来,的确一股海潮味儿。除了时而错过的长途卡车,几乎没有别的车驶过。瓦格纳的磁带放完,困意突然上来。口说白天睡了的薰也靠着我响起了睡息。再过两小时就该天亮了。那之前想多少睡一会儿。治幸把车开进海岸旁边的侧路,在防波堤前面停下,然后默默打开驾驶席的门走去后面。以为他小便,却打开行李箱取什么东西出来。稍顷,他轻敲后排座车窗:他手里拿着睡袋。我把它搭在薰身上。

3 夏末秋初

睁眼醒来,太阳已升得很高了。薰仍裹着睡袋沉睡。治幸也睡着,姿势好像要从坐席掉下来。我朝防波堤那边走去。缓缓弯曲的沙滩不断向前伸展。大概夏天作海水浴场,沙滩上建有游艇小屋和安全监视塔。稍微往里的地方排列着四五间更衣室。波浪静静地冲洗白沙。被打上沙滩的绿色海藻在早晨阳光照射下干得发硬。

折回车时,薰已经醒了。

"早上好!"她从睡袋下说。

"睡得好?"

"嗯,香极了。很久没这么睡了。"

"不去沙滩看看?"

听得我们说话,治幸睁开眼睛,用半睡半醒的声音问"几点了?"我瞄一眼自己的表告诉他。

"怎么搞的,都这个时候了!"他说,"果然光阴似箭。"

"一起去沙滩瞧瞧?"

"还是先吃饭去吧。"他左右摇头说,"昨晚到现在什么也没吃,肚子瘪瘪的。再说车不开起来马上就成蒸笼。"

的确,太阳直接照在车头上。可是,这次小旅行最大的悬案正是如何在薰面前提起吃饭一事。看来,治幸以其固有的粗线条使这个难题迎刃而解。姑且吃点什么再说。治幸避开左右沙地小心掉过车头。由于饿了,决定在最先看见的路边餐馆吃早餐。可是无论怎么跑也没见到目标。别说加油站,路两旁连自动售货机都没有。跑了三十分钟,好歹到得鱼市那样的地方。

"好了,到了!"说着,治幸独自跳下车去。

他开车门时,一股鱼腥味儿钻进车中。薰略略皱了下眉头。

"车停在这种地方搞什么名堂?"我抗议似的说。

"鱼市里边应该有饭堂。"治幸已经朝市场建筑物那边走去,头也不回地应道。

"你怎么知道?"

"鱼市这东西哪里都是那样子的。"听这说法,好像他见过全世界所有的鱼市。

我们跟在治幸后面走进鱼市。到处都在叫价。十几个人围着或伸指或屈指的叫卖人竞买叫卖物。另一个地方,批发商转来转去,称完一个木箱重量摆到台上一个。身穿防水服的男人们脚登沾着鱼鳞的长胶靴在水洼里匆忙走动,往停在门外的卡车里装鱼箱。我们穿过这些杂乱来到市场一角。果如治幸所说,那里有个脏兮兮的简易饭堂。几个穿长胶靴的在里面急匆匆往嘴里扒饭。他们抬起脸好奇地打量我们。然后又把目光落在餐桌上的周刊和体育报上面开始吃饭。

"吃饭?"穿烹调服的阿姨从餐台里冷淡地问。

"三人量的早饭!"治幸以不次于阿姨的冷淡声音回答。

我们在餐台前坐下,把薰夹在中间。人们依然闷声吃饭。阿姨不大耐烦地摆上三碗热酱汤,接着放了三碗附带两片咸萝卜的浇汁饭,最后"咣"一声端来随便装在深碟里的竹荚鱼生鱼片和小碗装的干烧鲍鱼。

"一大早就这么排场!"我隔着薰肩头说。

"好了,闷声吃吧!"治幸道。

薰把这远远算不上讲究的"渔夫料理"般的早饭一小口一小口送进嘴里。看样子不像吃得很勉强,但吃法仍似乎对吃怀有警惕。

"你们是高中生?"活干完了的阿姨问。

"不是,"薰神色慌张地回答,"大学生。"

"从哪里来的?"阿姨以盘问的语调继续道。

"北海道。"治幸从旁边没好气地插嘴。

"特意从北海道跑来这种地方?"阿姨交替看着治幸和我。

"那边冬天冷嘛。"治幸一副若无其事的样子。

阿姨从餐台里面狐疑地看了一会儿治幸的脸。那神色,与其说想确认他的话的真假,莫如说压根儿就没相信。客人结伴儿离去,阿姨从厨台扬起脸,热情地说了声"多谢了"。饭堂里吃饭的只剩下我们。薰依然低头一点点吃饭。已经吃完的治幸把冷茶从壶里倒进茶杯喝着。

吃完饭,我们穿过鱼市往码头走去。和市场不同,码头安安静静。来装鱼的船大概已经返回。一个穿长及胸口的橡胶裤靴的老人正用粗管洒水,把管口朝剩在混凝土码头的鱼屑喷去,借助水势把它们撵下海。太阳光虽然强,但已没了盛夏的凶猛。被水花冲击的光线形成小小的彩虹。我们在排列着巨型冷库的码头上走动。码头直接连往突出于海面的防波堤。防波堤前端有一座不大的灯塔。开始塌裂的混凝土壁沾着生锈的鱼钩、鱼线和干透了的沙蚕。

三人在灯塔基座上坐下看海。气温已开始上升变热。灯塔阴里的混凝土凉瓦瓦的蛮舒服。防波堤外侧舒展着平稳的大海,海岬以环抱海湾之势从两侧伸出。中央推出的海面的前方浮现出一座平坦的海岛。

"好一个让人不快的半老徐娘!"治幸看着海说。

"为什么说那种当场露馅的谎?"

"让人心情不快的嘛!"

我默默耸肩。

"那座岛游不上去?"治幸改变话题。

"游去干什么?"

"也不是要干什么,只是想去。你们在这等着。"说罢,折回鱼市那边。

海湾上有很多海鸟乘风滑翔一样飞来飞去。也有的浮在海面歇息。在空中飞的鸟们不时发出婴儿般的声音徐缓地划着很大的圆圈。

"好像一家人来旅行似的。"薰说。

"我们?"

"你和治幸是双亲,商量下一步去哪儿。"她盯视海面说,"我在等待你俩商量的结果。"

"两个人不成?"我问。

"两个人我就吃不下饭了。像婴儿似的什么都依靠你们。"

"也可以的嘛,即使那样。"

薰低声笑了起来:"住院时你说的可是相反的哟。"

"那么说倒也是。"

"那时候光想自杀来着。"薰现出往远看的眼神,"不是明确想死,只是觉得死了也未尝不可。"

"所以拼命吃带去的东西。"我轻轻把话岔开平复内心的动摇。

"不是让你喂饼干和果酱了么？那时幸福得脑袋快出问题了。尤其嘴对嘴喂的时候，心想无论活多久都不可能比这更幸福，既然如此，索性死掉算了。而且死法要尽量凄惨，比如用剪刀一下接一下扎死……"

"快别说了！"我不由插嘴。

"不过想像一下罢了。"她一闪看了我一眼，"反正想那样给谁留下终生难忘的记忆。"

"别想得那么狠！"

"对不起。"薰像厚云空隙泻下阳光那样露出微笑，"我想咬开一个人的胸口在那里住下去，想作为记忆永远活在一个人的胸间，作为浑身是血死去的恋人的记忆。"

"不健康的想法。"

"知道。"

我望着在水面附近嬉戏的海鸟们——是候鸟吗？要在冬天来临之前用那对恭谨的翅膀飞往南国吗？这么一想，鸟们悠然自得的迂回陡然显出一种紧迫感。

"Will you still need me / Will you still feed me / When I'm sixty-four."我低声吟道。

"甲壳虫吧？"她略一沉思说。

"永远朝夕相守，和和睦睦白头偕老。"我眼望海鸟们说，"想看六十四岁的你。"

回头看去，她正以温和的表情看海。我想像六十四岁时的薰。当然不可能勾勒出清晰的形影，但模模糊糊的图像还是浮上了脑海——就好像穿了几十年的毛衣，尽管处处开线了、起了毛球,可是跟身体正相吻合。无论颜色和款式多么落后,对于我都是最好的毛衣。

过了一会儿,治幸回来了,说到底有渡轮开去。

"往前不远有个海港,岛边上有座宾馆。因是淡季,贸然闯去也该能够入住。去看看好了。"

"不行!"我斩钉截铁地说,"今天必须返回医院。"

"那么说?"

"留下的信里也那么写的吧?"我向薰求援。

"说出去旅行一段时间……"

"没写今天回去?"

"嗯……写的不对?"

我沉思良久。是马上"自首"还是继续旅行?我知道正义之神和邪恶之神正在自己身上争斗。正义之神对我说:"对她的病不可掉以轻心,如果听信治幸那种轻率之人的花言巧语稀里糊涂跟去,后果不堪设想!"而邪恶之神则这样说:"这就算是个小小的暑假嘛!你们三人今年都没有暑假,所以在夏天终了的时候来上一两天暑假也不会有谁指责你们的。那时间里,就让她的病到椰子树下睡午觉去好了!"不知为什么,在我身上总是邪恶之神略占上风。

"没办法啊!"权衡再三,我终于下定决心,"那么,这就打个电话去。"

"往哪儿打?"

"往她姐姐单位。"我转向薰说,"讲明情况,让她说服家人别去报警找人。"

"小心自是好事。"治幸说。

4　岛与岛之间

　　渡轮是个庞然大物——这也是大势所趋——平展展的船底只装了我们这一辆本田"思域"。估计能乘二百人的船顶多乘了三十余人，而且大半是老人和学龄前儿童。渡轮也有摆着长椅的客舱，大半乘客坐在那里。但由于接收信号不好的电视机很吵，我们转移到后甲板椅子上。

　　薰的姐姐对我的电话似乎多少有所预料。

　　"就以为是那么回事的。"她以沉静的声音说，"信上写得好像薰一个人去旅行，实际上背后肯定有你指使。"

　　"给主治医生的信一开始是我准备的，但她撕了，自己重写的。"

　　"不想让你负责任吧。"

　　"想必是的。"

　　"反正得把薰好好领回医院。家里人和医院那边由我设法疏通。"

　　"是怎么一种状态，那边？"

　　"有本人放下的信，作为院方好像打算看看情况再说。可父亲说今天以内要请警察帮助找人。"

　　"是这样……"

　　"所以快些领回来才行。"

　　"那也是办不到的。"

　　"什么意思？"

　　"请再给一点儿时间。"

"说什么呀？到底什么打算？"

"这是我们的暑假。"

"别说胡话！"

"薰不要紧的。"

"什么不要紧？你这么干……"

"好了，再联系。"

"等等……"

船在平稳的海面缓缓航行。因是海湾，风平浪静，没有比发动机的振动更大的晃动。除了时而对头驶过的渔船，没有其他船往来，简直就像在大湖里航行。从两侧包拢海湾的岬角绿得赏心悦目。薰一边惬意地让海风吹拂头发，一边眼望岬角单调的景致。地上虽是夏天，但天空好像秋天已经来临，高高的天穹飘浮着淡淡白云。

一小时后渡轮开进海岛的港口。有可以根据潮水涨落调整缆绳的码头，一个头戴渔协帽子的老伯把船上抛下的缆绳系在桩子上，包括剪乘客船票在内都他一个人做。船头门向外打开后，先由乘客下船，待全部下完，我们的车才开出。治幸递船票时间里老伯也接了一个装有邮件的绿色口袋。车开上栈桥回头一看，他又帮忙把渡轮运来的面包箱卸上岸来。

车沿着岛上的窄路缓慢行驶。港口附近像是岛的中心，集中了政府部门、邮局和学校。很干净，连纸屑都没有。邮局门前立着一个老式筒形邮筒。运动场铁丝网围下面大波斯菊开得正盛。公共汽车站放有慈善性雨伞。民居的围墙一半是混凝土预制块，上边一半钉着木板。围墙内芭蕉举起清凉凉的叶片。跑了一会儿，民居没有了，路两旁出现一点点农田和竹丛。再往前行，又是一个小小的村落。如此反复几次。行驶方向的右边或左边总可以看见海,岛窄的地方两边都可见到。海波平如镜眩目耀眼,视野无限延展开去。

跑了三十分钟,第一座岛跑完了。宽仅四五十米的海峡架着一座蛮壮观的钢结构吊桥。过得桥,是第二座岛。这座岛的景观有点儿异样。整座岛都是矿山遗址。竖井的架子犹如巨大的混凝土要塞到处耸立着。作业时大概用架子上安的卷扬机把地下的煤运上来。大约是昭和初期或大正末年①建造的,在当时肯定是相当时髦的建筑。但如今仅仅是混凝土梁柱粗暴交错的废墟。

岛的高台像山一样堆积着采掘的煤渣,其周边排列的无人住的集体宿舍张着无数黑洞洞的嘴。宿舍楼共有六栋,均为五层建筑,估计住过二百多户人家。即使一家五口,也有一千人左右在此生活。一座小小的煤城现已彻底成了 Ghost Town(幽灵街)。看样子附近没有人住。野化了的狗、猫、猪、鸡也一样都没碰见。惟独生活遗痕如某个陌生人的记忆残留下来。

车继续前行。令人吃惊的是,穿过第二座岛还有第三座。岛与岛的间距仅十来米。但毕竟是第三座无疑。岛用普通河上架的那种混凝土桥相连。过了桥,有个小渔村,这是岛上惟一的村落。此外只有一座建在高台前端的宾馆。在已经通过的岛之中这座岛最小,开车不出十分钟就跑到另一端。除了路,几乎任何地方都没人触动。不知何故,这样的地方竟建了一座二层混凝土结构宾馆。

外墙涂的漆已开始剥落,玻璃窗灰蒙蒙的——刚看见时,我

---

① 大约上个世纪二十年代。

以为宾馆早已关门大吉。在如此偏僻的地段——即使是夏天——经营这样一座宾馆不可能有声有色。谁的主意无从知晓，但显然搞错了投资场所。然而近前一看，宾馆居然正常营业。停车场停着几辆摩托和小汽车，其中两辆的顶上放着冲浪板。我们把车停在停车场一角，走进宾馆在一楼服务台办了住宿手续。门厅没有客人。一个厨师仍穿着白色工作服无所事事地看电视。当然没预约也有房间住。宾馆人员以疑惑的目光打量我们三人，问一个双人房一个单人房是否可以，我答说可以，在登记簿上写下三人的名字。横向排列的三个人的名字看上去都有些紧张、不大自在地伫立不动。对方递过两把钥匙，说房间在楼上右侧。

房间不那么糟。两张收拾齐整的床、窗边一套沙发茶几、收费电视。房间面对停车场，再往前横陈着湛蓝的大海。时值偏午。我坐在沙发上看海。海的颜色同来时相比好像有了变化。

治幸说去取车里的东西，走出房间。薰也说去宾馆内"探险"，尾随治幸离去。我悠然坐在沙发上看宾馆的小册子："钢筋混凝土结构，地上两层，地下一层，冷暖气完备，客房十七间，定员八十一名。另有大厅、中厅、会议室、婚宴厅、瞭望台、餐厅、大浴室、停车场。"这是宾馆简介。还有广告字样，如"请尽享新鲜海味"、"同大自然三百六十度海风同乐"等等。不过，果真有在这等地方举行婚礼的情侣不成？"会议室"也匪夷所思。在这种人家都没有几户的地方到底开什么会呢？莫不是渔夫们聚在这里商量如何秘密捕捞？

看完小册子的时候，治幸抱着收放机和一些零碎东西回来了，不一会儿薰回来了。我对两人说有瞭望台去看看如何，薰说已经看了。

"这座岛的前面还有一座岛,岛相当小,就在这眼皮底下。"

"架桥了?"

"不清楚。怕是无人岛吧。"

在服务台打听,对方说桥虽然没架,但退潮时可以走过去。我们商定反正先去海边看看。绕过宾馆后院,有条散步路,可以直接下到海边。路两旁是长着竹丛和芒草的荒野,也有任凭荒芜的田地。走了五六分钟,来到遍布大小石块的瘠薄的海边。距岸边一百米左右的水面浮现出一座小岛。岛呈倒扣的饭碗形,整座岛草木葱茏,周长至多几百米。对岸有三四个男子钓鱼,都身穿红色或黄色的渔夫衫,脚上是长及膝部的雨靴。装备虽好,却无钓鱼的样子。

"对她,怎么看的?"见薰稍离开些,我开口问。

"什么怎么看?"他诧异地反问。

"病情什么的。"

治幸没有回答我的话,在旁边石头上弓身坐下。我朝把小岛隔开的水路望去。潮以相当快的速度流动,到处泛起河流浅滩那样的涟漪。

"可参加过运动部?"治幸拾起脚边石子问。

"初中参加过几天。"

"怎么样?"

"指什么?"

"觉得适合自己?"

"不,根本不适合。"我说,"又是高年级同学又是低年级的,这种关系吃不消。"

"想必。"

"想必什么呀?"

治幸开始以打上岸边的漂流木为目标投掷石子,像以三角线弹玻璃球那样,一次一瞄不断投去。

"我想大概是人的类型问题。"稍顷,他说,"就是说你这种人不适合那样的世界。同样,无论如何也不适合结婚成家的人恐怕也是有的——情愿也罢不情愿也罢,就是有人不适合那样的位置。"

"指她?"

"或许她压根儿不适合做女人。"

"倒是说过想生为小鸟。"

"她身上,有的地方尚未同自己身为女人这点和平共处。"治幸仍边投石子边说,"所以,对于自己活在必须不断意识到自己是女人这一位置感到困惑,而别人硬把自己视为女人——这样的关系让她为难。"

薰站在水边岩石上往海里盯视。脚踩不稳定的石头行走时全身紧张这点从这里也看得出来。不觉之间,天空已蒙上薄云,海水变为灰蓝色,一只鸟在海面低飞,要下雨的样子。

"总之对她来说,身为女人让她觉得非常不舒坦。"治幸站起身,望着隐约阴暗的海面,"但想和你在一起,只是并非作为女人……"

"作为病人。"我接道。

起风了,差不多该返回宾馆了。我一叫,薰从水边脚步踉跄地走来。"寄居蟹"——说着伸开手掌,一个长满绿藻的海螺一伸一缩地蠕动。她嗤嗤笑道:"好痒!"寄居蟹把刚刚探出的脚一下子缩回。薰用指尖轻轻捏着蟹壳放在脚前石头上。寄居蟹重新蠕动,确认没有危险之后,迅速躲进石头底下。

5 潮 流 中

返回宾馆,从房间里怅怅看海。日光已经隐去,海如灰色的天鹅绒平展展的。不过还是像有风吹来,海面泛起细筋状的波纹。治幸躺在床上用自己带来的收放机听着磁带看书。薰坐在对面沙发上翻阅宾馆小册子。治幸放的磁带是巴赫的什么作品。我望着海听巴赫。略感无聊,但不坏。尤其适合夏末望着阴天下的大海来听。缓缓流淌的羽管键琴音色宛如海涛时高时低。委身于其上下波动,就好像惬意的睡梦被从这里带往某个遥远的世界。

由于巴赫的缘故,不知不觉睡了过去。睁眼一看,薰不见了。治幸仍在床上看书。问他,他说薰已出去好一会儿了。

"出去找找。"我从窗口看着窗外说。光色黯淡的海面已开始下雨。看表,马上就到六点。

"一块儿去吧!"治幸放下书说。

"不,一个人可以的。再说她回来时还是有你在好些。"

宾馆里面没有薰。没准上岛了,我想。在服务台一问,说一小时前有个像薰的女子来借过伞。我借宾馆的伞走到外面。雨没有变大,只是不间断地下着。走上散步路,周围树木飘来浓绿和水的气息,雨声随之笼罩四周。雨声如实反映出雨点击打对象或软或硬种种微妙的差异。我不由心想:眼睛看不见的人如果倾听这些声音,想必可以把围拢自己的草木石土的感触和形状作为心间图像准确再现出来。

下到海岸,潮水退了,现出浅滩,一直连往对面小岛。浅滩靠近岛与岸的两端很宽,中间部分宽仅数米。触目皆是没了棱角的大小石子,沙地几乎见不到。石子被雨淋湿了,黑亮亮的。开始涨的潮水到处形成细流。我凝目寻找薰的身姿。然而无论对面还是这边的海岸都空无人影。白天钓鱼的人已不知何时不见了。

我决定姑且上岛看看,试着走进浅滩。水洼遍地,大的有小池塘大小。我猜想薰一定边走边一一细瞧水洼。雨也落在水洼里,扩展着同心圆波纹。波纹下面,绿色的海草摇曳不定。走到浅滩中间时,左右出现鼠灰色的海。较之位于脚下,感觉上几乎高与肩平。海涌起微波细浪,一直向远处铺展。海湾那边有强风吹来,好像吹来了海。站在这里,觉得转眼之间就可能被海吞没。

一步步走到岛上,发现有黄伞从对面往这边移动。伞同是我打的这种宾馆的伞。薰只顾注意脚下,一步一步姗姗走来,以致距离拉得很近也没觉察到我。或者人的动静被雨掩没了也未可知。即便那样……我在心里嘀咕着,以半是不忍的心情看着她走来的身姿。当几米远的前面突然出现男人时,她略为惊怵地往后一撤,一瞬间身体僵直。随着紧张的缓解,她以显然沁出释然感的声音说出我的名字。

"接你来了。"

"绕岛一周。"说着,她在雨中绽开令人目眩的笑脸。

"有什么有趣的?"

"有个很不得了的石崖,"她语调里透出孩子气,"岛的那边。石崖被海水浸蚀得弯成这样。"她把手臂弯成弓形解释形状。

"叫我一起来就好了!"

"石崖很多地方坍塌了，周围散落着石块，"她没理会我的话，"特别容易坏的石块。说是石块，感觉上更像沙滩，用手一抓，一下子就碎了——就是这样的石块，所以才被海浪掏成那样。"

"别的呢?"

"鱼死了。"

"很多?"

"多得数不过来。"

"那么多?"

"都膨胀了，白花花的。"

"怎么会死那么多呢?"

"不知道。怕是病了吧。"

薰以探寻鱼之死因的眼神回望自己刚走来的路。我拿过她的伞放在地上，把她拉进自己伞下。由于脚下不稳，两人都有点儿摇晃。我立定脚跟，紧紧搂住她。头发一股雨水和潮水味儿。我吻她的头发。薰在我怀里一动不动。我放松拥抱，吻住她的嘴唇。没有反应的嘴唇。对于我开始鼓涌的情欲，薰既不拒绝又不接受，而使之融入茫无边际的大海中。不闻涛音，耳边惟有雨打伞面的声响。

"糟糕!"

挪开嘴唇，她以格外沉静的声音说。我也随之慢慢回过头去:刚才走过的浅滩即将重新隐没在海下。左右两边涌来的海水浸没了小石子，形成好几道小小的水流。

"快回去吧。"我边说边把脚下的伞拾起递给她。

她浮起有些叫人猜不出含义的微笑接过伞。那微笑让我的动作变得迟钝。

"走吧!"她说。

我们迈步往对岸走去。磨磨蹭蹭时间里,浅滩中间部位已由左右两侧的海水完全封住。而且涨潮的速度快得出乎预料,行走之间也有海水争先恐后侵入石子间隙。风也更猛了,海面溅起细小的水花。看海湾那边,灰色的海面已掀起白色浪头。好容易走到滩中间时,浅水部分只剩五六米宽了,潮水从左右两边河一般涌来。

"只能从这里过了吧?"回头看薰,她把脖子略略一歪代替回答。

"湿鞋不怕的?"

"嗯,管它!"

我拉起薰的手走入水中。水比想的凉。我踩大石块走以尽量避免弄湿脚。薰跟在后面。就要过去的时候,脚下一块石头忽一下子歪了,本想挺直身子,也是因为两只手给薰的手和伞占了,竟失去平衡。慌手慌脚反而坏了事,结果一屁股坐在水里。

"凉。"薰说。

不知怎么回事,她挨我坐进水里。

"怎么连你也跌倒了?"

"你没有撒手的嘛!"

我们仍然手拉手。如此屁股坐进水里的情侣,在别人看来想必够滑稽的。海水已涨到齐胸高。薰的夏令裙子水漉漉整个贴在身上,使得瘦削的身体轮廓分明。四下环顾,两把伞依然绽放黄花,柄朝上,如古怪的帆船随波逐流,让人油然涌起滑稽感。最先笑的是薰,她一如往日嗤嗤笑了两声。笑脸的另一边白浪翻卷。

"不是笑的时候。"我说。

"好笑嘛!"她愈发笑起来。

衣服湿了,让人心里产生一种解脱感。我用手掌击水朝她脸上溅去。薰惊叫着转过脸去。我陷入奇妙的兴奋状态,继续溅水。她笑着让我住手,然后在水里连滚带爬朝岸边靠近。我追上去从后面抱住她。两人都倒在水里。薰的脸和头发都满是水。我也同样。水也不再凉了。

"吞了口咸水。"

"傻瓜!"我撩起她的湿发。

"真像傻瓜。"她咳嗽起来。

薰很漂亮,而慌乱程度也和漂亮不相上下。我自己也必须慌乱得赶上她的漂亮。

"伞冲跑了。"她说。

而她已湿漉漉的脸看的并不是伞而是我。那对眼睛已不再笑。我们互相盯视几秒钟眸子。以为她还会笑,不料她就势安静下来,像晃眼睛似的眯细眼睛朝海边看去。两把黄伞在浪花翻飞的海面上漂流。眼看越漂越远,马上去取也取不回来了。

6 夜

回到宾馆时我们想起也还是笑。笑如流感病毒侵入体内,搔得浑身痒痒的。服务台人员狐疑地问怎么回事。结果我们又对视笑了起来,根本顾不上回答对方的疑问,挥挥手走回房间。她径直进自己房间。双人房间里治幸正在看书。

"怎么搞的?"他看着成了落汤鸡的我问。

"游回来的。"说罢,只管大笑特笑。

"她呢?"

"正换衣服。"

"到底搞的什么名堂!"他咂舌道。

"你也去游一遭如何?"我边脱湿衣服边说。

"好了好了,快洗澡去!"

我脱得光光地坐进浴缸,让热水从上面淋下。热水放到浴缸一半的时候,发觉洗完澡也没替换衣服。根本没想到会在这种地方住下,三人都只有随身穿的衣服。

"喂——,治幸,"我从浴室喊道,"洗澡倒可以,可是没带替换衣服啊!"

"我带了。"超然的声音传来。

"真有你的。"

"滴水不漏嘛。"

无奈,只好省去内衣,直接穿宾馆睡衣。感觉上好像低人三分。我瞥了一眼在床上埋头看书的治幸,走去隔一条走廊的薰的房间。她还在浴室里。从外面问她有没有替换衣服,她让我把床上的纸袋拿过去。我按她说的做了。原来是去医院接她时她拎出的纸袋。

"这个可以?"我从浴室门缝递去纸袋。

"谢谢。"

薰围着宾馆浴巾走出。然后在纸袋里塞塞窣窣鼓捣,从底部拿出像是内裤的物件。目瞪口呆之间,她已转过身把内裤迅速穿了。

"你也带替换衣服来的?"

"嗯。怎么?"

"滴水不漏啊!"

我把宾馆的浴衣递给她。浴衣相当长,但薰把腰那里巧妙折起使之合身。然后用宾馆里的投币式自动洗衣机把两人的衣服洗了。

折回房间正晾衣服,服务台来电话:"晚饭时间要结束了,快去吃晚饭。"我们赶紧去餐厅。有几伙人正在吃饭,也有白天几乎没见到的女性和小孩的身影。我和治幸两人喝了三瓶啤酒。薰也喝了半瓶。要啤酒时,上菜的女人露出有些不悦的神色。大概对给未成年人酒有抵触情绪吧。总觉得宾馆人员的视线叫人不舒服。

"不觉得像被监督似的?"我对治幸说。

"穿衣服游泳的关系。"

"就因为这个?"

"因为这个还不够?"

"倒不是那个意思……"

"原本就被人疑神疑鬼,至少住宾馆时间里守规矩些!"

回到房间,治幸一个人去洗澡。我去门厅给薰的姐姐单位打电话,对方说已经回去了。又拨对方说的公寓电话号码,却无人接。在门厅看了一会儿电视打发时间。五分钟后打时还是没人。等十分钟又打一次,依然如故。于是作罢折回房间。

晚上够乏味的。治幸漫不经心翻动书页。薰听超短波,节目是比利·乔尔专辑。我躺在床上随着《陌生人》(Stranger)序曲吹口哨。旋律有点儿类似演歌①。在日本,有演歌味道的流行歌曲才能真正流行。罗林·斯通兄弟的《悲伤的安吉》也不例外。日本人果真喜爱演歌不成? 如此说来,雷盖(Reggae)在旋律上也有些接近演歌,就是说二拍多……正这么想着,治幸突然合上书,提议散步去。

"这么晚?"

"去海边看看嘛!"

"去不去?"我问薰。

"去吧。"她说。

有月光泻入的走廊空无人影。从靠近楼梯口的房间走过时,里面传出小孩的哭声。之后又悄无声息。惟独三人拖鞋带起的一声声脆响在微暗的走廊里回响。服务台灯亮着,但不见人。门厅挂钟已过半夜十一点。我们沿着宾馆前面的路朝开车来的方向走去。白天经过时,发现岛外围有一片感觉不错的沙滩。我们把薰夹在中间,按路面宽度列成一排前行。雨不知何时停了。阴

---

① 日本以传统民族唱腔为主的歌曲,节奏性强,富于表演性。

云被风吹散，月亮从云隙间不时探出脸来。路两旁密密长着很高的杂草，风每次吹来，草穗尖便相互摩擦飒飒作响。侧耳倾听，隐约传来涛声。

"小时候做过一个梦。"治幸边走边说。

"什么梦？"

"梦见在这样的景色……杂草丰茂的原野的正中有一条路笔直向前伸去。同是这么暗的夜，我一个人在那条凄凉的路上一步一步行走。肯定是去亲戚家或别的什么地方。那时的景色和这里一模一样，让人吃惊。"

"所谓 déjà－vu① 吧？"

"不不，"治幸很自信地说，"我碰上了儿时梦中见到的景色。也就是说，人生转了一圈。"

这时，路的前方有一个红灯旋转着临近。我们止住脚步，黑暗中凝目注视。

"外星人吧？"治幸说。

"巡逻车。"薰应道。

"注意！那家伙是装扮成警察的外星人！"说罢，治幸飞速转身跑进旁边的草丛。

车在我们前面几米远的地方停下。仍然亮着的车头灯明晃晃刺眼，不由转过脸去。车中下来一个警察。他背对车灯，俨然从宇宙飞船上走下的 ET②。片刻，巡逻车灯熄了，周围一片漆黑。眼睛刚刚晃过，一时间什么也看不见。警察打开手里拿的手电

---

① 法语。记忆错误的一种。似曾相识的感觉，既视感。

② extra-terrestrial 之略。外星人，地球外生物。美国斯皮尔伯格导演的电影名。

筒,逐个照我们的脸。看见薰皱眉头,我有点儿冒火。

"在这种地方干什么?"警察问。四十光景的瘦削的警察,态度仿佛在说深夜情侣没一个好东西。

"散步。"我说,"住在前面的宾馆里。"

警察把手电筒光不客气地对着我们,直勾勾打量我和薰。所幸都在宾馆浴衣外面套着宽袖袍。当然就我来说,浴衣下面什么也没穿,不过黑暗中对方不可能察觉。看样子警察基本相信我的话。

"姓名、住所?"他拿出手册问。

我嫌麻烦,如实回答了。

"大学生?"

"是的。"

瘦警察进一步问我和薰的学校名称。看来他们没注意到治幸的存在。开巡逻车的警察不知何时从车上下来,站在瘦警察身后。他比瘦警察年轻得多,大概才二十几岁,说不定刚从警察学校毕业。

"学生很不错啊!"往手册上写什么的年纪大的警察回头对同伴说,"可以用父母的钱旅行。"

年轻警察说道"是啊",很谦卑地一笑,感觉颇让人不快。

"总之,深更半夜年轻男女外出走动是危险的。"警察合上手册,转向我和薰以严肃的口气说,"这一带本来是渔民住的地方,不少人性情粗鲁。那些家伙看见并且起了坏念头可怎么办? 有信心保护她?"他不怀好意地问。

我没有回答。那种联想本身就是不健康的。

"反正今晚就乖乖回宾馆去吧。"最后竟换上了简直无异于负责指导学生品行的高中老师的语气。我本想至少把沉默作为反抗的表示，不料当他叮嘱"好么"之时，不由应了声"是"。

不知是因为嫌疑人的态度良好，还是由于大学生这点使其网开一面，他们轻易放过了我们。就职责来说，肯定不至于对半夜东游西逛的年轻情侣坐视不理。警察们返回巡逻车缓缓启动。从我们身旁通过时，年轻警察按响喇叭，助手席上的瘦警察不知何意，居然举手行礼。我嘲讽他似的搂过薰的肩。她像梦游者一般一副怔怔的样子。

"为什么让他们那么数落？"不知何时从草丛中冒出的治幸用眼睛追着远去的巡逻车后灯说道。

"少操心好了！"我用带刺的声音说，"你倒好，偷偷藏起来，害得我们出一身冷汗。"

他用鼻子哼了一声，"你们因为是大学生才这样收场，可对我这个从补习学校退学又深更半夜在这种地方游游逛逛的人你以为会怎么样？"

"那能怎么样？"我说，"莫非以流浪罪逮起来不成？"

"你不明白的。"他无奈地摇摇头，"没有正式职业光靠打零工生活——光凭这一点就足以让警察把我看成危险人物。你以为他们到底去我住处查了多少回居民身份？那些家伙连我倒的垃圾都翻看一遍！怀疑我是左翼活动分子，简直乱弹琴！总之我得尽可能避免同他们接触。刚才在一起试试，现在不三人同时被带走才怪。"

"我倒不那么认为。"

"你还不清楚人世是怎么个东西。反正去海岸把讨厌事忘掉好了。"

"回去。"我没好气地说，"没心思散步了。再说没准又撞见他们。"

我生了半肚子气。又搞不清对谁生气——不知是对治幸还是对警察抑或自己本身。

"怎么搞的呀?"治幸奚落道，"给吓住了?"

"回去吧。"薰说。

治幸寂寞地看了看我们，然后转过身，一个人朝海滩那边走去。我和薰开始往宾馆那边走。三个人走来的路现在两个人走，觉得分外空旷。薰把仿佛余悸未消的视线投在脚下走着，看上去简直像是目睹夫妇吵架而无精打采的孩子。

我们返回双人房间，从里面锁上门。房间灯熄着，懒得找开关。窗帘拉着，薰颓然放松双肩站在窗边。我从后面悄然抱紧她的身体。她只是毫无反应地站着，仿佛在说周围即使发生什么也全然不为所动。我吻她的颈，慢动移至嘴唇，拉手往床上拉。她闭起眼睛。

肌肤一股香皂味儿。也许在黑暗中看的关系，薰的身体如男孩一样细。穿衣服没有察觉，而脱光一看，原来女性特有的丰腴也削除得利利索索。用手掌一摸，可以清楚觉出骨形。如此时间里薰也很安静。由于她太安静了，我把身体移开。一看，其嘴角已透出睡息。低声叫她也无动于衷。短短一两分钟时间她竟无声无息睡了过去。此刻，只有静静的睡息和浮现在黑暗中的白色裸体。

我觉得自己被拒绝了，下床走去窗边，撩开窗帘眼望窗外。黑魆魆的海面有很多渔火，其光亮使得周围海水蓝晶晶闪现出来。相距多远呢? 因是夜间，不晓得准确距离。不见船影，只有光闪烁其辉,黑暗中闪出的青白青白的光如梦境一般虚无缥缈,甚至富有幻想意味。我开始数点渔火,数到二十左右便不再数了。我拉合窗帘,在薰睡着的床的邻床弓身坐下。她苍白的肌体历历在目。我大大做了个深呼吸,拉了拉薰的浴衣,给她盖上毛毯,然后折回床躺下。漆黑的房间里惟有轻微的睡息久久彷徨。

我好像直接迷迷糊糊睡了。有人起身的动静使我醒来。我没有出声,装作睡的样子。她蹑手蹑脚拧锁开门,走到走廊。我打开床头板上的小灯看表:凌晨两点刚过。等了一会儿,没有回来的迹象。我下床来到走廊。出于慎重,我看了看斜对面的单人房。门没有关严,房间里空荡荡的。我沿幽暗的走廊往门厅那边走去,不知不觉放轻脚步。几台自动售货机发出白泛泛的光。得知走廊没有人影,我心想假如薰跑出宾馆,很可能有些麻烦。

正急得团团转,听得哪里传来很小的声响。是餐厅。我朝声响那边接近。蹑手蹑脚、略略弯腰的自己有一种近乎演戏的滑稽感。餐厅的椅子都倒扣在桌面上,里面空空荡荡,一眼就看得出薰不在这里。我一边感受着透进脚底的漆布地板的凉意一边穿过餐厅。隔壁是烹调间,安全灯的光线照在不锈钢厨台和洗碗机上面,这里也无人影。刚要转身回去,响起餐具相碰的声音。我再次往烹调间的黑暗中细看。厨台阴影里有什么蠕动。随着眼睛习惯黑暗,那对象清晰现出轮廓。

看上去几乎是机械性反复:伸手抓起东西,自行放进嘴里。既无对于吃东西的羞耻,又无悲哀可言,只是宿命式地吃。勉强说来,又像是被毁坏身体的喜悦所彻底迷住。吃、吃,从喉咙落入胃袋,却又没有饥饿的贪婪。淡淡地然而毫不犹豫地吞食不止。亦不好好咀嚼,一把一把狼吞虎咽。何苦反复做这种愚蠢的行为呢？明明知道一旦吐了，剩下的只有后悔和自我厌恶。莫非现在的她连愚蠢这一意识都没有了？我在心里如此凄然嘀咕着，却又不可能实际招呼她。可是也不能离去，甚至不能把眼睛移开。

她朝冷藏柜那边走去。那是个比大人个头还高的不锈钢庞然大物。两个门中上边那个门拉开时，白色的灯光照亮她的侧脸。自暴自弃地垂着双肩、弄脏嘴唇四周的她让人全然感觉不出意志性的东西。我所了解的薰早已去了哪里，惟独她的身体仿佛被什么人的手操纵着。我单方面看着这一切。因是没有人格的对象，可以视之为物。忽然，我觉得这种均衡出现一道裂纹，周围空气发生变化，一种将有什么出声跌落下来的预感让我感到惧怵。在冷藏柜灯光的映照下，薰苍白的脸朝我转来。她毫无表情地看着我，没有困惑，没有憎恨，甚至认没认出是我都是疑问。在如此冷漠视线的扫射下，我觉得自己由膝而下即将静静瘫倒。薰关上电冰箱，有些怄气似的走来，不声不响地从呆若木鸡的我的身旁径直走过。

事情似乎发生在一瞬之间。我终于回过神朝她追去。穿过餐厅，穿过门厅，跑上楼梯。跑到二楼走廊时，里面的门关了。那是我们要的单人房。我奔到门前，抓住黄铜把手。薰大概从里面锁了，开不开。稍顷传来水流动的声响。预埋在墙壁里的管道中流淌的水声异常之大，回响在幽暗的走廊里。我透视门内一般想像里面的情景：薰张大嘴从水龙头接水喝，往胃里灌满后跑去卫生间，弓身对着马桶，把手指塞进嘴里往喉咙深处一阵乱捅，温吞吞的东西顺着手腕淌进马桶——尽管未曾亲眼见过，但这情景活生生浮上脑海。往下我什么也想不成了。

"怎么了？"声音从背后传来，仿佛来自另一世界。这个世界除了自己和薰还另外有人这点让我觉得不可思议。

回头一看,走廊前头站着治幸。他仍是外出散步时的架势,双手很随意地背在身后看着这边。

"回来了?"

"在那种地方搞什么?"

治幸的回来让我胆子壮了,同时也对他产生一种难以言喻的羞愧。

"暴食开始了。"我不由压低嗓门。

治幸似乎以眺望远方的眼神注视我背后的黑暗。手依然背在身后,肚皮略略挺起,很有些像巡视学生房间的修学旅行带队老师。

"那么?"他泰然自若地问。

"正在吐。"

治幸往门这边走近两三步,看了片刻关闭的门扇,而后放开手臂,又在胸前合拢。

"她也够受的啊!"

这时房间门开了,薰从里面出来,头发散乱地垂在额前。她也不往上撩,以异常安静的眸子看着我。嘴角湿了,样子十分憔悴,眼神里带有挑衅意味。她目不转睛注视我的眼睛,稍微扭歪的嘴唇即将沁出冷笑。我像面对凶猛的野生动物,束手无策地伫立不动。她久久盯着我,就好像是对我刚才擅自看她暴食场景的报复。我不由侧过眼睛。刹那间,她像看透了什么,很不屑地从我前面离去。大概一去不复返了,我想。

走了几步,在那里止住脚步。一切戛然而止。仿佛有人截住了事态的流程。我战战兢兢抬起眼睛:治幸!不知他想的什么,他用双手紧紧抱住了薰。那松松垮垮咧开的嘴、那茫然注视虚空的表情，看上去又好像是对自己做出的举止感到困惑不解。薰仿佛受到强烈震动，任凭治幸把她搂在怀里。她也似乎始料未及，无法进入下一行动。两人都如被将死的"王"①站在走廊正中一动不动。我以落入魔法般的心情看着眼前发生的一切。

治幸如音乐一样僵挺地抱着薰。薰的身体似乎对其细心有了感应，身体的紧张开始缓解。她静静歪头，脸颊搭在治幸肩上。治幸往我这边呆呆看着。然而感觉上其视线是投向某种崇高，根本没把人这一存在放在眼里。他小心翼翼地上下慢慢摩挲薰的背。于是，她开始悄声哭泣，如春天轻柔的雨。雨缓缓落在广袤的大地，被吸入干燥的土中。薰就是这样久久哭泣不止。

不知过去了多长时间。觉得时间相当之长，而实际也许才两三分钟。突然，旁边房间的门整个开了，从中探出一张头上缠着卷发卡的中年女人的脸。女人恶狠狠蹙起眉头看我们，脸惨白、浮肿而丑陋。她一言不发，只是盯视我们，而后"呼"一声关上门。

"看来还是进房间好些。"治幸低声说。他温柔地离开薰的身体，把她交给伫立在旁边的我。

"我睡这个房间。"他指了一下薰刚才走出的单人房。

我们两人剩在了走廊里。薰脸贴在我胸口哭泣。她能区别我和治幸的不同吗？这样的疑问掠过心头。我催她进房间，毕竟不能总站在走廊里。

不管怎样，我先把低声抽咽的薰放在床上搭上毛毯。轻轻拍她后背时间里，她开始发出深沉的睡息，就好像被一股强大的力

---

① 指国际象棋。原文"checkmate"源于波斯语，意为"王"已走投无路。

拖入睡眠之中。吃东西也好,吐东西也好,想必都是相当消耗体力的。让她躺在床上后,我站在窗前往外面看。渔火已经没有了。或许因为天快亮了,船已返回港口。我许久许久望着,心想,在黑暗的空中流移的正是自己。

后来,薰发出低微的呻吟声。我离开窗,慢慢走到床旁。她在毛巾被下痛苦地扭动身体。以为她醒了,凑近脸一看,只见她微微皱着眉头的面部表情浓了起来,略略张开嘴唇开始泻出粗重的睡息。我轻轻掀开毛毯,解开她浴衣襟。白皙的胸部露了出来。若全部剥开,说不定会像荧光灯碎片一样四下散开。我晓得这一点。我把手拿开,悄悄盖好毛毯,处理得好像什么事也没发生。

"怎么了?"薰静静睁开眼睛看我。刚才的凶暴已从眸子里如谎言一样消失。

"醒了?"我从枕边问。

"为什么中间停下来了?"

我没有回答她,起身离开床头,像寻找退路那样缓缓走去窗前。

"到这儿来。"薰说。

"再不能去那里了。"

"为什么?"

我背靠窗看她。她所看的我不是以前的我,我所看的她肯定也不是以前的她。在我们之间,今晚有什么宝贵的东西损坏了。梦一般美丽的东西、盯视眸子即可随时见到的东西……今晚已荡然无存。

"不能去那里。"我重复道。

"为什么那么说？"

"解释不好，反正不能去了。"

"因为撞见了那样的场面？"

"这是我自身的问题。既不是因此讨厌起来，又不是说幻想破灭了。只是，我不能再去那里像以往那样抱你了。"

薰木然看着我，就像看素不相识的人。那样子似乎在自己脑袋里反刍什么。

"那太残酷了。"她悄声低语，闭起眼睛。

"知道。"

我的确是那样想的，是残酷。迄今为止我一直对她做残酷的事，始终没觉察这一点即是残酷，而觉察时又是残酷的。

"现在不来，我会永远毁掉。"薰很认真。作为她恐怕也是让自己支撑到了最后一步。

"明白了，这就过去。"

我们争先恐后地把对方剥光。然而还是不行。不行的东西就是不行。或许明天行，也可能永远不行。薰哭了。我设法安慰她，但做不顺利。没等安慰她，我先已受到沉重打击。情形太富有象征性了。我们以十分尴尬的心情抱在一起。连穿衣服的气力都没有了。无论自己的肉体还是薰的肉体，都那么无精打采。大凡能脱掉的东西，真想在此时此地一脱了之。那样，薰也不至于发生摄食障碍。

"对不起。"

我觉得应先道个歉。可是话一出口，当即意识到是在重复平日的欺瞒，自己为自己气恼起来。薰则一味啜泣。

一会儿，房间门开了，有人进来。知道是治幸。尽管赤身裸体,但怎么都无所谓了。

"如何?"他不在乎地问。

"问也没用,解释不了。"

治幸慢慢走来床前。随即察觉我们陷入的窘境,停住脚步。

"光着?"

"啊。"

"你还'啊!'"

"知道了就出去一下可好?"

"这种时候居然能有那样的兴致。"

"没那个兴致才成了这个样子。"

"说的让人摸不着头脑。"

"反正去那边好了!"我不耐烦地说,"衣服岂不都穿不上!"

"噢,穿上衣服,多少像个人样。"

这时,薰嗤嗤笑出声来。不知何时她已止住哭泣。这种时候怎么会笑呢? 到底有什么好笑的? 不不,说好笑也的确好笑。与其说是好笑,莫如说滑稽才对。她的笑声如雨点触击我的耳鼓。

"治幸君也过来。"薰以同样透明的声音说。

世界静下来侧耳倾听。下一瞬间,厚墩墩的东西从身体倏然剥落下来。一种晃晃悠悠浮游般的感觉包拢了我。较之严重,恐怕更应像薰那样发笑,或者索性哭上一场。反正都是一回事,哭也罢笑也罢。因为我们便是置身于那样的场所。

治幸伫立在房间门口,进退不得,直挺挺僵住不动。他在想什么呢? 窗外已开始放亮。再不抓紧天就亮了。声音再次响起:

"快过来呀!"

7 美 国

早上被服务台电话叫醒,通知九点前去吃早餐。薰本来睡着,我起来她也醒了。三人尽管几乎没睡,但脸上格外晴朗。问她吃不吃早餐,她说不吃。治幸说"我们即使不吃地球上的食物也活得下去"。很难认为他所说的"我们"包括自己,但我也不怎么饿,便从房间打电话给服务台,告知早餐不要了。接着又睡了一个小时,然后退房离开。

昨晚的阴云一扫而光,秋季独有的温和阳光重返天空。停车场到处有水洼出现。锅炉室外墙靠着几根钓鱼竿,旁边尼龙绳晾着宾馆浴巾。车顶有冲浪板的车不知何时已无踪影。治幸在停车场里慢慢掉过车头,小心换档把车开出。这样,和"尽享新鲜海味"也告别了,"与大自然三百六十度海风同乐"也随同车尾废气渐渐退往车后。惟独闪闪耀眼的大海和仿佛黯然神伤的晴空与我们在一起。

车很快进入第二座岛。矿井废墟随处可见。井架上方,十几只鸢或其他什么鸟悠悠盘旋。我从盒里找出勃萨诺伐磁带递给治幸。他单手放进去。稍顷,阿斯托拉特·吉尔贝尔特的《伊帕内玛的姑娘》响了起来。她的歌总是那么糟。接下去斯坦·盖茨开始独唱。这个地方我十分中意——阿斯托拉特·吉尔贝尔特唱罢而继之以斯坦·盖茨次中音这里。

我们默默听音乐。六栋宿舍楼出现了,看上去仿佛已不再聒噪的老人——不强调自己不文过饰非,决心随时间缓缓腐朽下去的人们。空旷的废墟上秋光柔和地流泻下来。来到徐缓而下的长坡时,治幸关掉引擎。车以惯性滑下坡路。车内安静下来,内置音响中淌出的勃萨诺伐清晰地描摹时间的轮廓。歌曲变成《科尔科瓦多》:"美丽的星空宁静的夜晚/吉他那轻柔的音色/在包拢你我的岑寂中潺湲/小河边沉默寡言的散步/安谧的思索和梦幻/朝向科尔多瓦多的窗口/何等妙不可言……"

开到废墟跟前时,治幸突然刹车:"进去探探险!"住宅的入口和窗口,为防止有人进入而钉了木条,但由于长期风吹雨淋和日晒,差不多都已断裂或腐烂。因此,稍稍用手一拉,即可拉断进入里面。每户格局看样子是三室一厅。榻榻米没了,地板也烂了,处于危险状态。大约曾是壁橱的地方,棉花外露的被褥如人的死尸停在那里。

通往二楼的楼梯已有藤蔓植物爬进来,根子扎在水泥缝里。混凝土墙上残留着粉笔和蜡笔涂鸦。四面透风的走廊零乱地扔着所有物件:混凝土碎块、玻璃片、小石子、木片、锅、碟碗、自行车轮圈、半透明塑料偶人、鸟粪。不知晓二楼走廊何以如此零乱不堪。在走廊乱七八糟的垃圾里边发现一张纸牌[1],边缘鼓鼓囊囊的名片形厚纸上面印有棒球选手像。破损得相当厉害,看不清面目,但根据球衣号码知是长岛。

"玩这纸牌的看来和我们是同代人。"从旁边窥视的治幸说,"上面印的棒球选手就是证据。年龄稍长些的玩的是大相扑,年

---

[1] 日文写作"面子"。一种儿童游戏用品。将圆形或方形绘有彩图的纸牌在地上拍,以将对方的纸牌拍翻或拍到圈外为胜。

龄低的是飚车手。棒球选手或 Ultraman① 绝对是同代人。我小时候也有棒球选手纸牌来着。"

"昭和三十年代②末吧。"

"香蕉开始便宜的时候。那时在这走廊里和当时的我们差不多同龄的男孩子拍棒球选手纸牌来着。想像一下好了，不觉得有点不可思议？这里的一伙子也玩那玩意儿来着。"

"你玩的什么？"

"大概是丽佳娃娃。"

"丽佳娃娃……"我同治幸对视一下。

"谁都有的。"

"我也收集超级怪兽来着。"

"我们算是丽佳娃娃和超级怪兽一代啊！"

"超级手可记得？"治幸问。

"使劲一拧那把手，手柄就一蹿一蹿伸长对吧？"

"就把一米开外的杯子或橘子抓来。如今想来，真是奇怪的玩具。"

"还有超级球吧，"我很快想起当时的事，"往地面一拍，一下子蹿上房顶那家伙。"

记得是 NASA③ 或哪里开发的。

"没有泡沫玩具？"薰问。

"Crazy Foam④！"我和治幸同时想起。

---

① 超人，日本电视剧和漫画中的主人公名。
② 相当于上个世纪五十年代中期。
③ National Aeronautics and Space Administration 之略，（美国）宇航局。
④ 意为发疯的气泡（泡沫）。

"在浴缸里沾在小鸡鸡上，做了个极大的鸡鸡。"我不胜感慨地说。

"瞧你说的！"薰抗议道。

"那东西脱毛的哟！"治幸一本正经地说。

"真的？"

"所以停止生产了。"

"若是长毛可就麻烦了。"

"反正是怪玩具。"

阳台上残留着油漆剥落的房檐和木扶手。看见这些，此地还盛产煤炭时候人们晚间在阳台上纳凉的情景恍惚浮上眼前。

下去一看，本田"思域"后面停着一辆巡逻车——昨晚的警察的车。想必他们发现废墟前停了一辆可疑的车，专等车主出现。看见我们，年长的瘦警察先从助手席下来。

"又是你们！"他不无失望地说，"在这种地方干什么呢？"

"观光！"治幸冷淡地回答。

"昨晚没有你嘛！"瘦警察警惕地看着治幸。

"在宾馆睡觉了。"

"是你的车吧？"

"是又如何？"

"出示一下驾驶证。"

"可以。"治幸从仪表板上拿起驾驶证递给警察。

"学生？"警察边查看驾驶证边问。

"这么小的岛也有警察？"治幸没有理会问话。

"这么小的岛也好什么样的岛也好都有警察，"警察还回驾驶证说，"只要是日本。"

"好难得的国家啊!"

"此话怎讲?"

"因为我们无时无刻不受你们这样恪尽职守的公仆的保护嘛!"

"也许你出于挖苦,但事实如此。"

"谈不上什么挖苦。"

"把这小子带走算了!"从驾驶席下来的年轻警察对年长警察说。

"算啦。"他说,"总之这里禁止入内。擅自进入将受法律惩罚。"

"藏有什么宝贝不成?"

警察不理睬治幸的提问返回巡逻车。年轻警察狠狠瞪了一眼治幸,绕过车头钻进驾驶席。

"和这两人是怎么一种关系?"瘦警察从助手席向薰问道。

"这也是职责范围内的询问吗?"我顶撞一句。

"算了!"治幸低声耳语,"这是那些家伙的着数。"

"什么着数?"瘦警察尖锐地问,"你说的可是不能听之任之的话!"

"你问那个做什么?"

"一个年轻女孩子同两个男的住宾馆,我认为有些蹊跷。"他接过我的话说。

年轻警察在驾驶席发出下流的笑声。

"难道那么有趣吗?"一直在我们身后不作声的薰不动声色地来了这么一句,我和治幸不无惊讶地朝她看去,"我全然看不出什么地方有趣。"

薰以白色图画纸般的表情注视警察。那无表情的表情实在太完美了,较之轻蔑,感觉上更接近冷漠。随后,她转向我们:"走吧!"

我突然觉得一阵傻气,随在已向车那边走去的薰后面离开。警察们一动不动盯视我们,直到治幸开动汽车。

我们乘上午的渡轮离岛。港口防波堤有几个男人钓鱼。他们坐在折叠椅上,漫不经心望着海面。看上去,与其说是在专心钓鱼,莫如说只是垂线罢了。阳光彻底柔和下来,海上已有秋的气息。昨天上岛的事似乎发生在久远的往昔。

我们靠着甲板栏杆看海。薰任凭海风吹拂头发,那气味刺得鼻子痒痒的。治幸注视船头切开的白色波浪。海四平八稳地铺陈开去。夹带海潮清香的风从蓝天碧海之间吹来。

下得渡轮驱车跑了三十分钟,一座小渔村边上现出海水浴场。徐徐弯曲的海滨沙滩上排列着关闭木板套窗的更衣小屋。寂寥的海岸铺着黑色沙子,到处有出租游艇晒太阳。海上有几个人身穿简易潜水服冲浪。水面晃动着柔和的光。帆船上的人看样子正静等起风。其中一人竖桅杆时失去平衡一头栽下海去,不一会儿又爬上帆船,橡胶潜水服湿漉漉闪着光亮。

"想游上一场啊!"治幸说。

"这就游?"

"没有卖游泳衣的地方?"

他把车停在这个那个摆有很多水上运动用品的店门前,迅速走进去买了游泳裤出来。然后把车开到路旁一个合适的地方。犀牛鼾声一般长拖拖的涛声从防波堤另一边传来。沿路前行,从防波堤之间可以下到海边。走下缺了边角的石阶,我们站在湿乎

乎的灰色沙滩上。沙滩往左右长长伸去。海湾里沉着防波用的
T字型混凝土预制块。由于昨天风急浪大，有很多塑料袋、泡沫
塑料、木条和海草等大量打上岸来。我们在湿沙滩上走动。波浪
从海湾缓缓赶来，每次退回，留在沙滩的浪梢波尾都白晶晶溅起
一点点泡沫。

治幸在防波堤后面三下两下换上游泳裤："好，开游！"随即在
我和薰饶有兴味地注视下，在水边做起了简单的体操——这里省
略一点那里省略一点的广播体操。小学暑假令人怀念的光景。
做罢体操，治幸脱下T恤，抱臂凝望平静的大海。然后以毅然决
然的脚步迈进海去。走到有一定深度那里，身体猛然向前扎去，
就势以爬泳姿势开始往海湾游动。手一拢一拢游得很快，活像冲
向弹药运输船的舡鱼号①。在突堤附近停住，然后踩了一会儿水，
掉转方向朝岸边游来。

从水中上来，治幸边用双手搓肩边说："唔，好冷！水里边没
有办法。"

"已经秋天了。"我说。

"管它冷不冷，我偏要再游一回！"

治幸再次下海，以手蹬脚刨的爬泳朝海湾游去。我和薰坐在
防波堤石阶上，望着他这不合时令的表演。小津安二郎的电影中
好像有这样的镜头。一对年老夫妇坐在热海或哪里的海岸上看
海。一瞬间，我觉得自己成了那对老夫妇中的一个。子女长大成
人，离开自己的膝下。长大离开的孩子即是治幸不成？

治幸从海里上来，从薰手里接过浴巾"喀哧喀哧"擦干身体，

---

① Nautilus，1954年建成下水的美国第一艘核潜艇。

然后三人在背风的防波堤后面弓身坐下。

"暖和一点儿了?"我问。

"一点点。"他嘴唇发青,"想喝可乐啊!"

"在冰冷的海水里游完出来还能有那个心情?"我惊讶地说,"还是一起喝热咖啡去吧!"

"游完喉咙干渴。再说我身体暖烘烘的。"

"我去买。"薰说。

"一块儿去。"

"好了好了,在这儿待着。"她像母亲似的说。

"那么,我要咖啡。"

我把钱给薰。她像第一次跑腿的孩子把钱攥得紧紧的在沙滩上走去。我和治幸久久望着她的背影。白色的夏令裙裾一摇一摆的,裸露的腿肚吸引了两人的目光。双方都意识到了对方视线的趋向,几乎同时移开眼睛。

"往下怎么办?"我搭讪地问他。

"对于你的询问,以短期含义而言打算再下海游一次,就长期来说准备返回补习学校。"

大概我听了治幸的回答后显出相当诧异的神情,于是他说道:

"别那么一副样子嘛!"

"返回补习学校做什么?"

"复习考大学。"他说得十分干脆。

"那不是你讨厌的么?"

"讨厌也好什么也好,有什么办法呢。"

"和父亲和解了?"

"只要对方有那个意思。"治幸一闪看我一眼,"不好?"

"不是不好，只是你心情急转直下啊。"

"人总是要变化的，否则就没有进步。"

"没想到会有从你口中听得这种话的一天。"

治幸静静看海。以往那种焦躁已从脸上消失，显得异常平和，因而感觉上比之我所了解的治幸还要成熟几分。

"小时候父亲领我看过一次海。"他重新搭了搭浴巾说，"正是这种时候。父亲很少领我去看海，所以现在仍清楚记得。父亲在离岸不远的地方教我游泳。海水是透明的，非常漂亮。海底的沙子也好，灵巧地游来游去的小鱼也好，还有自己的脚也好，全都看得真真切切。父亲拉我的手，我拼命练习狗刨。势头差不多的时候一撒手，结果游了一点点。如此反复好多次。海光闪闪的无边无际，夏天的阳光金灿灿倾泻下来。几点钟来着？回去的船快到开船时间、练习要停下来的时候，我忽然想起，问爸爸海的那一边有什么。爸爸沉思一会儿，说了这样一句话：海那边有美国……"说到这里，治幸低声笑了，"事后想来真是天大的谎言。从地理上看，从我们所在的海一直游过去，应该游到对岸的县。可是父亲说海的另一边有美国，而我也信以为真：海的另一边有美国。"

治幸往大海远处望了一阵子，简直像在凝目确认能否看到美国。

"有意思吧？"他转向我问。

"啊，是啊。"

"对我来说，美国就是那样的地方，总在海的那一边，作为超越地理情况的真理。"

"Neverland①。"我说。

---

① 童话家园，仙境，梦幻之国。

治幸瞥了我一眼,"真可能是那样的。"他说,"有时真那样想。"

　　交谈突然中断。治幸久久眼望远处海面。海湾突堤的对面的海没有岛影,灰蒙蒙的水平线那里水和天光融为一体,再往前说不定真有所说的美国。他站起身说:

　　"还是再游一次吧。"

　　这时,我觉得治幸很可能直接游去美国再也不回来了。此时若不劝阻,他势必游到海的那一边。

　　"差不多走吧。"我性急地说,"都起鸡皮疙瘩了。"

　　他定定注视自己的手臂,回头微微笑道:

　　"游一下马上回来。这么在海里游泳,今年怕是最后一次了。"

　　"打算游去美国?"

　　治幸看着海沉思良久,也像是在仔细琢磨我的话。之后说道:"谁都去不了美国。"

　　"是啊。"

　　"那,一会儿见。"

　　想起来,可谓奇妙的寒暄。那,一会儿见……难道他以为迟早会见到我们不成——几十年几百年后、在这个宇宙或别的什么宇宙?莫非他说的是几度轮回之后再次相见的偶然,抑或想说他消失后他才会成为对于我的真实存在呢?不得而知。治幸这个人由始至终都是个令人费解的存在。以为开始理解的一瞬间他就跑去了无可触及的地方。所以,应该说直到最后都未能理解他。

第七章　1977年・秋

1　一曲终了

治幸很久没有回来。最初以为爬到海湾突堤上面去了。可是怎么等也不见像他的人影。薰买可乐和易拉罐咖啡回来后,我对她说了情况。她悄然点头,以格外澄澈的眼睛凝望治幸消失的海面。我们就这样继续等待。大约过去十分钟的时候,我开始认为无论如何太久了。我把薰留在海边顺沙滩跑去,从海滨路的咖啡馆打 110 报警。

五分钟后,来了一辆警车。我向警察们讲明原委。一个警察问有没有上到哪里休息或恶作剧的可能性,我回答那不可能。另一个警察从警车上拿来望远镜往突堤那边仔细望去。之后两人商量什么。又过了三十分钟,开来一艘摩托艇,继而驶来一辆灰色面包车。海边开始有看热闹的人聚拢。搜索队的队员们一边用天线互相联系,一边从摩托艇上往海里窥看或让潜水员下去。当地消防团赶来开始从左右两边搜查。出动了几只手划船搜寻离岸近的海底。跟电视上一模一样,我想。

找到治幸没费多少时间。他身缠海藻沉在九月的海底。发现他的是穿一身潜水服的潜水员们。我从水边看着尸体被打捞到摩托艇上,觉得以前也好像发生过同样的事。很快,我联想到了造成这种类似既视体验的感觉的原因,那便是暑假在治幸住处看过的雷·布拉德伯利的短篇集。其中《湖》那篇作品有完全相同的场景。不久,摩托艇靠岸,我和薰切近地看着治幸。就在两小时前还像常人那样动来动去有说有笑,而此刻他已冷冰冰硬挺挺的了。脸色白得反常,惟独嘴唇和眼睛四周变得青黑。被毛毯裹好后,用担架运上救护车。人聚拢过来。成了运尸体的救护车拉响凄寂的笛声奔驰而去。

我们被带到警察署,进入一个大约是询问室的煞风景的房间。房间正中有张桌子,我们同警察面对面在桌旁坐下。警察首先问了我们的详细情况:住址、电话号码、父母姓名、毕业学校、就读的大学和学院等。并重复一遍在海边做过的问答写成调查书。进行当中一个女警察模样的人端来三杯茶。询问继续进行。我很想快些离开这里。昨晚以来的三人的行动、治幸溺水前的样子——时至现在,详详细细写这东西又有什么用呢?他已彻底死了。无论情况多么详细多么明了,死也丝毫不能改变。我开始憎恨房间里的一切:桌子椅子、缺口茶杯、写调查书的警察、他那汗毛很黑的白色手臂。尽管开着空调,但房间仍很闷热。

写调查书用了两个小时。中间停下来吃了晚些的午饭。食谱甚是简单:牛奶加两个圆面包。我把两个面包都吃了,薰面包和牛奶都没动。调查书写完,警察把我们领进铺着四张榻榻米的和室。看样子是值班警察打盹的地方。榻榻米晒成褐色,席纹磨光了,中间放一张小矮脚桌,角落安一台小电视机。电视机旁叠着一套脏到一定程度的被褥。黄色窗帘点点处处现出红斑,窗玻璃被烟薰得一片迷蒙。我们背窗墙坐下,累得话都懒得说了。一种抽筋拔骨般的虚脱感,使得我什么都思考不成。整个人逐渐陷入凄凄惨惨的败北情绪之中。都怪警察。毕竟这里没有任何可以编织希望的东西,只有无名鼠辈无可救药的疲劳如沉重的渣滓积淀下来。

我呆呆地想治幸。那被救护车担架运走的裹着毛毯的尸体——想必不久将在冷冰冰的床上接受素不相识之人的检查。他们会在治幸的尸体中发现什么呢？是他内心深处怀有的苦恼还是刚开始看见的希望？那样的东西能从治幸尸体中发现么？即使扒开他的肺腑我都想知道——想知道他临终那一瞬间看到的东西、所感觉所意识到的事情，以及在九月冷冷的海底隐约窥见的未来和可能性。无论如何都想知道。他是谁？我自身又是谁？

　　午后晚些时候治幸的遗体回来了。那里与其说是灵堂，莫如说更像解剖室。房间充满强烈的甲醛气味。估计是为了处理受伤的尸体。地板是水泥的，随时可以冲洗污物。墙壁立着几把甲板刷。我们进去时，治幸的遗体仍躺在铺着塑料布的床上。赤身裸体，上面盖着薄床单那样的布，就好像自愿捐作解剖用的遗体。小床头柜上供的香同周围情形非常不谐调。我拿开白布看治幸的脸。脸色比白布还白，一碰，脸颊冰一样凉。仿佛带笑的嘴满满塞着脱脂棉。没别的事可做，便用蜡烛火把香点燃，象征性地合掌致礼。想到合掌的对象竟是治幸，总觉得有些傻气。

　　他父母来到时，看也不看我们一眼地走近儿子遗体。母亲从治幸脸上一把抓起白布，一时瞠目结舌。父亲站在头部那里，茫然俯视儿子的脸。稍顷，战战兢兢伸出手，开始用手指梳理儿子的头发。母亲把脸颊贴在治幸冷脸上，不住地说着什么。我们伫立在房间角落，没别的地方可看，只好半看不看地看着两人的举止，感觉上似乎在看不该看的东西。

　　悲伤告一段落后，进入房间的警察开始看着调查书介绍治幸死亡时的情况，父亲盯视房间墙壁倾听警察的介绍，掌心紧攥念珠,不时轻轻抽搐一下。母亲止住哭泣,神思恍惚地抚摸儿子的脸颊。大致介绍完后,滞重的沉默支配了房间。治幸的双亲一言不发。我在思忖不得不在如此肃杀的地方同自己的儿子见面的两人的内心感受。父亲依然凝视房间墙壁,母亲一面用手帕揩泪一面看儿子的脸。我觉得他们是在用这种态度惩罚我们。

不料,一直站在我旁边的薰走到治幸父母跟前慎重地表示哀悼之意。她小心斟酌词句以免激化对方的感情,同时又说得不卑不亢,看得我在心里咂舌赞叹。到底在什么地方练就这副本领的呢?完全是我不知道的她。因了薰分寸适中的哀悼,治幸的双亲看样子反而恢复了冷静。最后对我们表示慰劳,甚至说出感谢话——死前能同要好的朋友一起度过,对儿子也是不幸中的一幸,自己的心情不知有多么宽慰。

以此为转折点,治幸的父母马上振作起来。两人同警察商量着雷厉风行处理善后。事态因此取得迅速而扎实的进展。看来他们决定在M市为儿子守夜和举行葬礼。治幸的父亲广泛经营不动产,在M市也开了事务所。附近还有几户亲戚。于是今晚暂且把遗体运到殡葬公司的殡仪馆安置,家人先为之守夜。正式守夜是明晚,翌日出棺举行葬礼……如此这般,治幸的死切切实实成了他们的事。

灵柩运来了。按殡葬公司指示,父母给治幸穿寿衣,之后把死者移入灵柩。治幸的母亲用自己的化妆品为儿子化了淡妆。穿上白寿衣、脸上化了淡妆的治幸,较之滑稽,更近乎凄惨。这样的做法根本不适合他。看上去——怎么说呢——完完全全是 misscasting①,总之他本身对自己的死显得很困惑。尽管如此,由于表面做了处理,治幸比刚才死得更彻底了。死这一暴力性过程所造成的血淋淋的惨状被揩去,而同无机物更为相似。

我从灵柩旁看着遗体,心里发出叹息。悲伤显得造作,我做不来。悲伤之情适合白寿衣和淡妆这类表演。像停车计费器那样完全无动于衷地注视尸体——我觉得这最忠实于自己此刻的心情。治幸躺着的灵柩旁边,殡葬公司准备的花鲜艳得有些刺眼。香冒出的烟从花旁接连不断向上攀升。一切都那么滑稽、那么傻气。

治幸的遗体在其父母陪伴下朝殡仪馆出发时,我的父母和薰的父母相继赶到。谁联系的不知道。大概是警察署吧。或许涉及未成年人的事故习惯上有这样的做法。我看见父母那一瞬间涌起想哭的心情。被如此交到大人手里的自己真是窝囊透顶。简直像什么事都没发生过。精心炮制的计划也好罗曼蒂克追逐的美梦也好,在现实面前都好像成了镜花水月。我和治幸把薰从医院领出从而三人度过的一天成了根本不值一提的鸡毛蒜皮。我们在这场拙劣的闹剧中企图得到的东西在这个世界上不具任何意义。

薰的父母和我的父母起初似乎拉开距离观察对方的动静,因此房间的空气有些尴尬。这怕也是奈何不得的事。他们不晓得该如何收拾自己的孩子惹出的麻烦事。作为我莫如说对薰的父母的态度感到意外。在这种场合,即使揪住我的胸口抢倒也未尝不应该。毕竟是我把薰从医院夺走的。而且作为我的母亲即使

---

① 角色分配不当,角色错位。

歇斯底里地大嚷大叫——"瞧你干的好事!"——按理也没什么不妥。对于这种静寂,我反而感到坐立不安,似乎自己干出的事未被正面接受而被佯装未见。

过了十多分钟,两家父亲之间终于开始了简单的寒暄,一丝笑容也不带地说道"这次添麻烦了"、"让您牵挂了"等等,互相表示并无敌意。然后分开回到各自妻子那里。看上去又像是担心交谈久了会爆发其他感情。

家人内部也商量好了:薰跟她母亲返回医院,我同父母以及薰的父亲参加今晚的临时守夜。一切都处理得恰到好处。

"那么,走吧!"薰的母亲亲切地说。

这句话也让我觉得什么都没发生。薰回原来的医院,我们继续一如往常的生活。什么也没发生,什么也没改变,只是一个青年溺海死去罢了。

一直乖乖待在大人中间的薰听了母亲的话静静抬起眼睛,目光笔直地看着母亲。这时我注意到她的眼神同白天在岛上令警察为之惶惑时的一模一样。

"和大家一起留下。"薰说。

她母亲一时语塞。

"瞧你说的什么,你可是病人。"薰的母亲慌张地说罢,求援似的眼看丈夫。

"薰,你该回医院了!"薰的父亲以亲切而又不容分辩的语气说,"医院医生那边,我已经说好了。"

"今晚和大家在一起。"薰平静地再次拒绝。

"听话!"她父亲压低嗓音说。

"求您一下,"我赶紧求情,"他是我们的好友,此外他没有朋友,我想肯定很寂寞。所以,请您至少今晚让我们在一起。"

"薰的病不像你想的那么轻。"薰的父亲语调虽然平和,但含有某种轻蔑意味。

"您想过薰得病的原因吗?"

"别说了!"母亲从旁边严厉制止。

"这是我们家的问题。"薰的父亲斩钉截铁。

"您是说我没有插嘴的权利?"

"因为不是应该你参与的事。"

"怎么好这样说话?"

"快别说了!"母亲再次制止。

看见母亲快要哭出的神情,我多少冷静下来。

"今天去世的朋友是最清楚了解薰的病情的人。他一开始就好像理解薰的病的本质。对此现在我非常明白。"

"不会是外行人自以为是的解释?"薰的父亲说。

"或许是那样的。"我顺从地点头,往薰那边看了一眼,她怅然若失地站在她母亲身边。"作为我也没资格说这种似乎很了不起的话,毕竟他是个奇怪的家伙。"我突然哽住,勉强控制着继续说道,"一个尽说怪话的家伙。我总对他的话充耳不闻,甚至不曾做过认真理解的努力。但现在我明白了——他说的每次都是正确的,在所有事情上,即使关于薰的病。"

"说什么了,那位朋友?"

我看他,逼视他的眼睛。这就是薰的父亲,我想,是自己在这个地球上最爱之人的父亲。

"他说致使薰患病的,是我,也是你。"

薰的父亲的脸眼看着激动变红。我想他肯定以超人的努力克制自己。

"胡说!"他恨恨地说罢,转向妻子道:"回去!"

"您说回去,"她战战兢兢地说,"可我们如何是好啊？薰怎么办?"

"想留下就让她留下,医院那边明天领去不就行了么？你也随便就是。"然后转向我说,"不像话!"

我不知道自己什么不像话,两人竟如此相似——也许他不愿意承认。走出房间时,薰的父亲低声对女儿说:"不能原谅!"指同我的关系不成？总之他直到最后也没失去威严和冷静。这点很了不起。薰的母亲对女儿嘱咐一句什么,快步追赶丈夫。

2 我们的下文

车在海岸端头黑暗的路面上行驶。防波堤前面是海。远方闪出的灯火就是昨天我们上的那座海岛？宛如用火柴杆戳出的小小的灯火带着红晕闪着无数的光。想到每一个光点下都有人生活，心里不由生出一阵绞痛。

"往下什么打算?"几乎没开口的父亲盯着挡风玻璃从助手席上问，"因为你说了那种话，事情才复杂起来的!"

"知道。"

"反正要好好考虑一下。"父亲以平日所没有的生硬语气说下去，"虽然不能说全是你的责任，但这样子是不能收场的。到处添麻烦!"

"知道的。"我重复道。

治幸死后的沉寂仿佛笼罩了世界。并非仅仅他一个人从这个世界上离开，而是世界本身发生了微妙的质变。世界的感触、色调、温度发生了无可捕捉而又确凿无误的变化。所谓朋友的死，大概就是这么回事。

殡葬公司的殡仪馆位于一座相当别致的楼里。乘电梯上到二楼，有个接待吊唁客人的大厅，饰有俨然婚宴厅那种白底银花刺绣的门扇里面，看样子就是举行葬礼的大厅了。我们被殡葬公司人员领到走廊尽头的房间。房间入口挂一块写有"遗族休息室"标牌。里面是二十张榻榻米大小的和室。上座设有简易祭坛。灵柩也已安放,两排折叠式座椅四周摆着紫色坐垫。治幸的父母不在。两个扎黑色蝴蝶结的年轻男子勤快地料理事务。

我看了看安放在祭坛上的灵柩。治幸依然被化妆得那么滑稽,双手交叉在胸前。也许照明的关系,感觉上脸颊和嘴唇似乎有了红晕。然而他还是死了,这点作为我也不得不承认。只不过我未能习惯他的死。怎么说呢,未能同他的死好好达成妥协。一如身着白寿衣、由他母亲亲手化妆了的治幸未能好好接受自己的死。

一切都像带有虚构意味。令人觉得他的死缺少人死这一现实性。每个人都把自己的死置于身体的深处。当它渐渐成熟而覆盖全身时,人就死了。至少我从小时看到和知道的死是这样子的。无论曾祖母和祖父都是这样死的。但是治幸的死来得十分轻易自然,给人以不无爽快干脆的印象,简直好像躲在背阴处的什么倏然蹿上来扑住一样。较之死,更像在用扑克牌玩"抽王八"时抽出了大王。尽管如此,他到底无可挽回地死了。对这一事实,我的理性接受了,惟有感情跟不上事实的重量。

我很想对旁边人这样说:这是开玩笑,他只是出于开玩笑暂时死一小会儿。然而事态愈发严重地向前推进,趋势上已无法以开玩笑一笑置之了。蓦地,我涌起一股冲动,恨不得把一切吹得七零八乱——这廉价的祭坛也好充满欺骗的灵柩也好。如果把这些装模作样的劳什子统统吹跑,那么治幸的死也能随之一笔勾消不成? 他在那不三不四的化妆下死了。也许口嚼脱脂棉的关系,表情看上去既像伤心地哭,又像腼腆地笑。

不久,治幸父母回来了。两人不知从哪里找丧服穿来,并且马上同我的父母和薰的母亲客客气气地寒暄。我的父母向治幸的父亲问完正式守夜和葬礼的安排,解释说什么都没准备而回了一次家。薰的母亲也想那样做,但由于薰坚持说无论如何都要留下来,便转念在此坐到天亮。

快到半夜的时候,有治幸几个亲属来守夜。全都齐整整穿着丧服,对作为丧主的治幸父母表示了同样夸张的震惊和悲痛。可是对于死者似乎不怎么了解。简单的酒菜拿了进来。偌大的房间终于有了守夜气氛。尽管这样,包括我们在内房间才十来个人。其中身穿白色夏令裙子端坐在祭坛旁边的薰无疑引人注目。看样子亲属们认定她是治幸的恋人。年轻女子衣服也没换就陪伴死者,他们的误解也是情有可原的。

守夜仿佛永远持续下去。亲属们分成几组低声聊天。感觉上就像久别重逢的亲属之间互相打听近况。其中有几个男的把坐垫排在一起开始睡觉。有祭坛的这个房间的旁边还有一个房间,里面准备了卧具,可以打盹。女的大部分撤进那里。我借了条薄被,学他们的样子缩在角落躺下。薰既不去隔壁房间,又无意借被,照样坐在祭坛旁边同治幸的母亲小声说着什么。看那情形,觉得其实薰是治幸的未婚妻也没什么不妥。薰的母亲在近旁裹着被睡了。我因为顺从地喝了冷酒而醉意上来,很快开始发困。在这种地方到底干什么呢? 很想了结一切快些回家睡觉。

我做了个梦,和治幸一起游泳的梦。我们朝海湾浮筏游去。筏在遥遥的远方金灿灿闪光。蔚蓝蔚蓝的天空涌起积雨云,海鸥往来翻飞。我们一鼓作气地往前游,治幸游在前,我随其后。两人都大弧度甩臂,以不知疲劳的爬泳姿势游着。海水冲刷嘴唇,其咸味中仿佛隐藏无限的可能性。然而筏总是不肯临近。我多少疲劳起来,"回去吧,"我招呼道,"再往海湾游,回去可就成问题了!"治幸似乎没有听见,以同样速度继续前游。我一边踩水一边喊他的名字。蓝色的天空不知何时阴沉下来,白色的积雨云已经不见。黑乎乎的鸟在头顶高高盘旋。周围光景犹如底片一样翻转,只有海湾的筏和向筏游动的治幸身姿闪着隐约的光亮浮现出来。我再次喊他的名字,再三再四地喊。然而治幸一次也没有往我这边回头,他朝海湾那边勇往直前。

醒来时,一瞬间我不知自己置身何处。房间电灯明晃晃照着,香和蜡烛气味经久不散。我躺着四下打量,人们到底困了,说话声早已不闻,代之以某人洪亮的鼾声。我本想起身去卫生间,又转念作罢。这是因为薰。在尽皆安睡的房间中,惟她一人坐着。她朝安置着治幸遗体的灵柩俯下身,窸窸窣窣鼓捣什么。我窥看了一会儿,没出声,卫生间也忍了。一来不宜惊醒治幸的父母和其他人,二来让她知晓我也没睡也好像不大得体。

下次睁开眼睛时,窗外已经泛白。薰像躲在祭坛背后一样睡着。但从原已变短的香柱尚未燃尽这点来看,她睡着想必不会很久。起来后脑袋里面沉甸甸的,身体到处作痛。我往灵柩里窥看,这才明白半夜里薰做的事:看来她也有同样的感觉,退了妆的治幸的脸恢复了远为自然的感觉。但愿他母亲见了别闹起来。我点燃一只新蜡烛,用烛火点燃一炷香,自然合起掌来。想到自己也可以有如此举止,不由有些滑稽。一会儿,薰醒了。我不声不响朝她微笑。薰似乎明白我的意思,浅浅一笑低下头去。

"不溜走?"她说。

"不要紧?"

"打算傍晚赶回医院。"

"您父亲可是彻底火了。"

"是彻底火了。"

房间里的人都还睡着。治幸的母亲也在离祭坛不远的地方锁着眉头沉睡。不久,他们将一个接一个起身,开始重新沏茶或开窗放入新鲜空气。

"那,走吧。"我说。

"嗯。"薰微微点头。

刚出殡仪馆,碰上扎黑色蝴蝶结的年轻人,是昨晚在守夜那里见过的。估计他是为参加守夜的人买早餐面包和牛奶回来。我托他转告薰的母亲傍晚返回等等。不过,想必她还要担心的,且要胆战心惊地考虑如何向丈夫解释。

"这回可以了。"我对薰说。

3 薰

我们离开殡仪馆,沿大街漫无目标地走着。一个空气清新的秋日早晨。人们还在睡着或正在做晨间准备,街上几乎没有人影。手拿高尔夫球棒的一个半老男子独自遛狗。几个身穿校服的高中生骑自行车驶过。我不知道两人在往哪里走。先上有轨电车道好了。那样当可大致判断现在的位置和往下该去的方向。可是,就算判断出来了,也不等于接近问题的答案。是否应该再这样怀抱治幸的死走一会儿呢?走到明白他是何人、走到晓得我们是何人为止。薰和我的未来能如何描绘呢?是否应该在这陌生城市的陌生大街上继续行走至少走到得到一点暗示为止呢?

"不吃点什么?"我向走在我身旁的薰问道。

"现在不吃。"她说。

"昨晚到现在不是什么都没吃的么?"

"现在就吃,觉得很可能吃个没完没了。"她以毫不在意的口吻说出自己的症状。

"肚子不饿?"我战战兢兢地问。

"饿是饿的哟!"她多少显出嬉闹的样子,"所以尽量别往离食物近的地方领我!"

看来早餐最好免了。可是,在这陌生的大街上饥肠辘辘地行走毕竟不是滋味,感觉上颇像童话里的主人公。我们是中了坏皇妃的奸计而被赶出城去的兄妹,在不辨东南西北的城外走来走去。

"钱带了?"薰突如其来地问。

"一点点。"

"有个地方想去。"

我这人对性爱旅馆并没有特殊偏见,有的时候有的场合未尝不可以利用那样的旅馆。可是在某个时间和场合,也可能全然上不来——即使听得"性爱旅馆"——足够的激情。

"去普通旅馆吧。"我小心提议,"那点钱还是有的。"

"早就想去一次的。"

"何苦特意在这个时候去。"

"正因为这个时候才特意去。"

那里是不折不扣的性爱旅馆。或者不如说"做爱窝"更合适。它静悄悄建在从正街拐入的小巷里,旁边是"扒金库"的变卖处。表示"空室"的绿灯闪入眼帘的时候,我不由想拉起薰的手一逃了之。可是到底逃去哪里呢? 在门口犹豫之间,旁边出口走出一对中年情侣。男的先出,女的稍后露头。走出几步,两人不即不离地并肩而行,几乎没开口地闷头走去。我一咬牙推开门。亮着橙色灯的服务台有个负责招呼客人模样的年轻男子,问道"二位休息吗?"我说想休息到傍晚。他说出款额,我付了钱。

被领入的房间有个不能开关的小窗,且用白漆涂得密密实实,看不见外面景致。一张大床一个浴室,多余之物一概没有,仅仅为"干"建造的房间。我们呆呆地环视房间。四目相碰,薰有点儿羞涩地笑笑,伏下眼睛。

"淋浴?"我问。

"累了,上床吧。"

两人不分先后地脱去衣服，只留内裤钻进被窝。我们什么也不说，隔着薄薄的内裤抱在一起。也不接吻，只是静止不动。我想起三人度过的最后夜晚，治幸到哪里去了呢？

"来呀。"薰耳语道。

"可以的？"

薰吻我的耳垂代替回答。我拉下她的内裤，接着自己也脱光。身体换位置时，膝盖碰了薰的阴毛。我一边用臂肘支撑自己的体重，一边缓缓进入她体内。感觉上似乎是在精致的玻璃阴户内性交。

"里边可以的。"

"怀孕可就麻烦了。"

"有好几个月没来月经了，不怕。"

"万一也是有的。"

"要你那样做。"

我花很长时间射入薰的体内。事物有原因、有结果，从小就被这样教导。但若不能在"现在"这一瞬间坚持住，那么原因结果都无从谈起，甚至我们生息的这个世界……至少我在薰的通道中是这样想的。如果现在不能射入薰的体内，恐怕将永远同世界失之交臂。我觉得惟独薰的阴道和我的阳物是整个世界。而且自己的阳物尖端所喷射的是治幸。这当然是无聊而离奇的念头。但在我咬着薰的肩头为冷冷的射精战栗时，看见的的确是治幸——在黑暗的阴道中向美国游去的治幸。

"哭了？"薰不可思议地问。

我没有回答，慢慢欠起上身。

"别动！"她低声道。

我重新俯在薰的上面。我想我仍在哭。射精后的虚脱感使得我连眼泪都懒得擦。

　　"怎么了?"她又问。

　　"肚子饿了。"

　　"肚子饿了就哭?"

　　"就这么认为可好?"

　　薰低笑一声,"对不起,"她说,"睡一会吧。睡了,饿也会忘记的。"

　　我把胳膊绕在她后背,小心用力。脸颊贴脸颊,嘴唇吻在她脖颈上。已经无所畏惧,我想。只要这样把身体和身体贴在一起不动,任何人都休想把我们分开。鬼来了也不能把她吞掉,我绝不会失去她。

　　薄暮时分我们离开旅馆。因为睡了将近十个小时,心情自然好了,但饿仍然饿,已接近饿死的边缘。我饥不可耐地在暮色渐浓的天空下行走,但由于太饿了,感觉上就像在空中行走。我想就这样一直走下去,走到昏倒在地,走出黑夜。几点了呢? 准确时间不知道。街上到处染上红晕,活像老影集里的照片。既像清晨又像黄昏的奇异时间慢慢悠悠流着淌着。天空的云在接近地平线的太阳照耀下闪着金色的光。稍离开些的地方,已有黄昏的星星闪出。吹来大街的风摇颤着街树叶片赶往远处。

　　"往下怎么办?"我问。

　　"该回医院了。"薰仍眼看前面说,"太让父母担心了不好。"

　　"在医院能行?"

　　薰沉思片刻,答道:"嗯,不要紧。"然后朝我这边微微一笑,"其实已经好了。想好什么时候都可以好的。不过,病好了未必幸福。"

不远处的十字路口有有轨电车驶过。乘上那电车就可以去薰住的医院。问题是,是该让她坐电车呢,还是就这样两人走去好呢?明亮的星闪闪眨眼,在那方天空偏低的地方。

"拉手走吧。"

她顺从地伸出手,随即长长地叹息一声。

"不愿意回去,不回去也可以的。"我搂着她的肩说,"我们或许不能变得幸福,但能够一直这样在一起。"

薰就我说的话似乎又想了好一阵子。之后忽然抬起眼睛,低声道"公园"。

面临大街那里有个小小的儿童公园。沙坑滑梯、跷跷板、秋千等游戏用具大体齐全。

"玩一会吧。"话音刚落,她已撒开我的手往那边一阵小跑。

公园里一个人也没有。"谢绝狗粪"的提示板严厉监视着入园者。薰先坐在秋千上慢慢摇晃起来。我坐在紫藤架下的长凳上看她。长凳一端放一把不知谁忘掉的小铁铲。我拿在手里,又放回原来位置。薰从秋千下来,接着往跷跷板那边走去。

"一起来吧!"她往这边回过头说。

这个年纪还玩哪家子跷跷板!我实在提不起兴致。再说肚子终究瘪了,从一度坐下的凳子立起都需要相应的意志力。跷跷板淡蓝色的漆几乎剥落了,木板也烂了不少地方。但支柱部分是坚固的铁,所以看样子还能作为游戏用具玩一段时间。薰也不顾裙裾,侧身坐在大约中间那里。

"快来呀!"她说。

我无奈地从紫藤架下的长凳上站起。

"不再往后坐一点儿可是平衡不了的哟!"我边走边说。

"这也要比你想的重。"

可我刚一坐下,薰就像纸屑一样飞向空中,在距地面一米左右的地方静止,从裙裾探出的脚正好和我眼睛一般高。

"喏喏,别逞能,往后去!"

薰开始磨磨蹭蹭往后挪动屁股。她以男孩子的姿势跨过铁把手,一直挪到最尾端。可是跷跷板仍向我这头倾斜不动。

"你还有没有体重?"

"正该你减减肥才是。"

"减着呢。"

"风景妙极了!"她兴高采烈地说,"从你那里能见到什么?"

"看见你升空了。"

"从我这里能见到好多东西。"

"下去啦! 这样子还哪里是跷跷板!"

"不能动!"她像不懂事的孩子说道。

"老在这里当称砣你就满意了?"

薰没有应声,只管来回晃脚。一个一只手抓着铁把手、侧身坐在跷跷板上的少女——简直像是从超现实主义画幅中走下来的。

"还是回医院去。"

"回去又如何?"

"争取康复。"

"不康复也没关系的哟。"

"至少体重要增加到能玩跷跷板。"

"现在这样也可以嘛!"

"这样不成。"薰以凝视远方的眼神说，"我觉得自己还谁都没有遇见，无论你还是谁，甚至我本身。所以，首先要找到自己，即使为了遇见你。这大概就是康复吧。我要康复，还要争取幸福。"

　　这时公园多少热闹起来。看样子还是学龄前的姐弟二人吵吵嚷嚷走来。弟弟是海军小平头，身穿横纹开领衫。姐姐骑一辆带铃的自行车，以俨然母亲的口气对弟弟指手画脚："仔细找找！""不是沙坑那里！"小男孩在公园里小步紧跑，对跷跷板上的我们看也不看一眼，径自钻过爬高架，往滑梯上下扫视一番，最后往紫藤架那边跑去。在那里他好像找到了要找的东西。"有啦！"随着一声欢叫，小男孩从长凳后拿起小铁铲高高举起。姐姐仍然以母亲自居："怎么搞的，怎么好放在那种地方！""这回可不能忘拿回家哟！"弟弟不理睬姐姐的唠叨，把自己的小铁铲举在眼前左看右看，之后才看一眼跷跷板上的我们，用没拿小铁铲的手多少有点炫耀似的揩一下鼻端，随即连蹦带跳朝在公园外等待的姐姐那边跑去。

　　姐弟两个离开后，公园重新安静下来。天空越来越暗，夜即将来临。

　　"好舒服！"说着，薰忘情地扬头看天，细细的脖颈沐浴着天空最后一缕夕晖，闪着玫瑰色的光泽。

　　"还想这么待一会儿，"她自言自语地说，"还想这么待一会儿的。"

　　我佯装未闻，兀自坐在跷跷板上。她的身体很轻，即使我直接离去，似乎也能继续浮在暮色苍茫的空中。薰略略翘起下巴，眺望远方似的眯细眼睛。映在她眸子里的是怎样的景致呢？